EL INVASOR
Marçal Aquino

D1412353

LA PUERTA NEGRA   OCEANO

EL INVASOR
Marçal Aquino

LA PUERTA NEGRA   OCEANO

Editor de la colección: Martín Solares
Diseño de portada: Diego Álvarez y Roxana Deneb

EL INVASOR

Título original: *O invasor*

Tradujo: Lourdes Hernández Fuentes

© 2002, Marçal Aquino

Este libro es publicado según acuerdo con Literarische
Agentur Mertin Inh. Nicole Witt e. K.,
Frankfurt am Main, Germany

D.R. © 2014, Editorial Océano de México, S. A. de C. V.
Blvd. Manuel Ávila Camacho 76, piso 10
Col. Lomas de Chapultepec
Miguel Hidalgo, C.P. 11000, México, D.F.
Tel. (55) 9178 5100 • info@oceano.com.mx

Primera edición: 2014

ISBN: 978-607-735-361-4
Depósito legal: B-10029-2014

Hecho en México / Impreso en España
Made in Mexico / Printed in Spain

9003852010514

En memoria de Mauro Mateus dos
Santos, El Sabotage (1973-2003)

PARA LOGRAR LO QUE DESEA EN LA VIDA,
EL HOMBRE HACE MÁS ENEMIGOS QUE AMIGOS.

PROVERBIO MONTAÑÉS

Aunque seguí las instrucciones de Anísio, nos tardamos muchísimo en encontrar el bar. Estaba en una calle estrecha y oscura de la zona este. Un lugar muy desagradable.

Me estacioné cerca de lo que parecía ser una fábrica abandonada, un galpón enorme y cenizo, con las paredes recubiertas de graffiti y ventanales de aluminio con los vidrios quebrados. Alaor no se movía, el portafolios descansaba en su regazo. En todo el camino no habíamos hablado más de media docena de frases.

Nos quedamos un rato sentados en el auto, mirando la luz amarillenta que salía por la puerta del bar.

—Vamos —le dije, al tiempo que sacaba la llave del *switch* y abría la puerta.

Alaor se movió con lentitud. Él había propuesto que Anísio se reuniera con nosotros en la constructora, pero no acepté. Me pareció arriesgado: no quería que nadie nos viera juntos. Por lo tanto, ahí estábamos, en aquel lugar sin la menor vocación de tarjeta postal.

Cerré el carro, accioné la alarma y caminamos hasta el bar, al otro lado de la calle. Había algo melancólico en la calzada pintada de verde y amarillo, un recuerdo borroso de los días en que jugaba la Selección durante la Copa. Esa noche hacía bochorno y, a pesar de la distancia, se podía oír el tráfico pesado de la Radial Este.

Dos sujetos que bebían cerveza inclinados sobre la barra, y conversaban con el viejo que debía ser el dueño del bar, nos evaluaron rápidamente. Los cuatro hombres que jugaban billar también nos miraron un instante y siguieron platicando. La radio sobre la barra transmitía un programa que chirriaba canciones antiguas.

Anísio estaba sentado en una de las esquinas, cerca del baño, en una mesa de formica, nos saludó con un gesto e indicó las sillas vacías.

—¿Quién es quién? —preguntó mientras apretaba mi mano.

—Yo soy Iván y él es Alaor.

Alaor se sentó y colocó su portafolios en el piso, bajo la mesa. Me molestó que estuviésemos de espaldas a la puerta. Siempre me gusta ver lo que sucede a mi alrededor en los bares, y más en uno de esos.

El viejo vino a la mesa y preguntó qué queríamos beber. Pedí una cerveza y, cuando Alaor dijo que quería agua, Anísio y el viejo se rieron.

—No hay —dijo el viejo—. Agua, aquí, sólo de la llave.

Sin saber qué decir, Alaor señaló el vaso con un líquido oscuro que estaba frente a Anísio y le preguntó qué era.

—Rabo de gallo —le explicó el viejo—. Aquí le decimos *trazado*.[1] Aguardiente con Cinzano.

—Me trae uno —pidió Alaor, y me miró con cara de quien se está esforzando mucho.

Mientras el viejo preparaba las bebidas, Anísio le preguntó a Alaor si había sido difícil encontrar el lugar. Aproveché para observarlo.

Era un hombre chaparro, de brazos fuertes y manos grandes. Tenía la piel morena, los ojos verdes y usaba el cabello crespo peinado hacia atrás. Una de esas mezclas que el *noreste* brasileño produce con frecuencia. Contra lo que me esperaba, no parecía amenazador —sin embargo había cierta dureza en su forma de mirar.

Justo cuando el viejo regresó con las bebidas, Anísio nos explicaba lo que le había preocupado cuando hablamos por teléfono para hacer la cita. En aquella plática, él tuvo que describirse en detalle para que pudiéramos identificarlo en el bar. No hacía falta, según él.

—Cuando entraron, no necesité mirarlos dos veces. Se les veía en la cara que eran ustedes, gente de bien, los que estaba esperando.

—Pero podría haberse equivocado —le di un trago a la cerveza.

—Nunca —Anísio se puso serio—. Nunca me equivoco. Sé cómo ver a una persona y decir claramente quién es ella y lo que hace en la vida. Tiene que ver

---

1 En el habla callejera traza se usa como sinónimo de sexo. *N. de la T.*

con mi trabajo. Además, ustedes tienen cara de gente fina.

—¿Cómo es esa cara? —preguntó Alaor.

Anísio esperó a que el viejo regresara a la barra y bajó la voz.

—Echen una mirada a la gente de este lugar: todos son tipos jodidos, la piel manchada, el cabello horrible, les faltan dientes, tienen las uñas mugrosas. Cualquiera podría afirmar que ustedes no son de aquí. Ahora, si saludo de mano a una persona, soy capaz de decir si alguna vez hizo un trabajo pesado. Nunca me equivoco.

Anísio encendió un cigarro y miró a Alaor.

—Tú, por ejemplo, nunca necesitaste trabajar de verdad. Se puede ver en tus manos. Lisitas, lisitas.

Eso me pareció divertido y Anísio me cayó bien. Alaor miró la palma de sus manos y se rio.

Alaor y yo nos conocimos en la Escuela Politécnica y, en aquella época, a él todavía lo mantenía su papá. Sólo comenzó a trabajar cuando abrimos la constructora. Si bien supervisar a los peones nunca ha sido un trabajo pesado.

—Tu caso es un poco diferente —Anísio se dirigía a mí—. Tú ya trabajaste como un burro, pero hace mucho tiempo, ¿verdad?

Era cierto. Cuando mi padre murió, yo tenía quince años. De repente, había que salir adelante. Ayudé a mantener los gastos de la casa y pagué mis estudios —lo cual me enorgullece.

—Se nota que ahora te das buena vida —agregó Anísio mientras señalaba mi barriga.

Atrás de mí, los hombres que estaban jugando billar discutían por una jugada. Aquello me puso tenso, giré la silla lo mejor que pude para observar el pleito. Anísio me tomó del brazo.

—Puedes estar tranquilo, no va a pasar nada. ¿Crees que alguien es tan bestia como para empezar una pelea con un taco de *snooker* en la mano? Los conozco. Sólo están bromeando.

Terminó su bebida y le pidió otra al viejo con una seña. Alaor, que había hecho cara de asco durante los primeros tragos, ahora se tomaba aquello como si fuera un refresco. Estaba preocupado: él no era bueno para beber y a ese ritmo pronto estaría arrastrando la voz y riéndose de todo.

Anísio tiró el cigarro casi sin fumar al piso y lo aplastó con el pie. Fue entonces que nos clavó la mirada.

—Bueno, vinieron a hablar de negocios, ¿verdad?

Esperé a que Alaor tomara la palabra, pero él se limitó a bajar la cabeza y a girar el vaso entre sus manos, mientras miraba de reojo la cubierta de formica de la mesa. Eso me irritó. A fin de cuentas, la idea era suya.

—¿De qué se trata? —Anísio insistió con suavidad.

Alaor continuó inmóvil. Di golpecitos en su pierna por debajo de la mesa y me miró asustado, como si no supiera qué estaba haciendo en aquel bar. Discutimos mucho antes de decidir. Cuando concluimos que aquella era la única solución, le tocó a Alaor buscar a algún amigo que tuviera conexiones en el bajo mundo. Norberto. Y ahora, al momento de encaminar el negocio, parecía que se estaba rajando.

Antes de que Anísio se impacientara —o creyera que estábamos jugando—, entré directo al asunto.

—El negocio es el siguiente: tenemos un problema en nuestra empresa y creemos que tú nos puedes ayudar.

—¿Qué tipo de problema?

—Tenemos otro socio, Esteban. Está con nosotros desde que abrimos la constructora, hace más de veinte años. Todo había fluido siempre muy bien. Sólo que ahora, él... ¿Cómo le explico? Él...

—Nos está jodiendo —dijo Alaor, como si quisiera demostrar que era más objetivo que yo.

—¿Los roba? —Anísio me miró a los ojos.

—No, no es eso —expliqué, y Alaor me interrumpió de nuevo.

—Lo que pasa es que tenemos algunas diferencias con él, ¿entiendes?

—¿Y por qué no se separan de él? –preguntó Anísio.

—Ahí está el problema —dijo Alaor, y se terminó su bebida de un trago.

Esperé a que siguiera hablando, pero Alaor se limitó a limpiarse los labios con el dorso de la mano y me miró.

—Esteban es el socio mayoritario, el del dinero —expliqué.

Anísio sonrió.

—El que manda, ¿de eso se trata?

—Claro que no —Alaor tocó el brazo de Anísio con tanta confianza que me asustó—. Pero, sí, a fin de cuentas es él quien decide las cosas allá...

–Siempre fue así —agregué—. Cuando salimos de la facultad, Esteban usó el dinero de su familia para abrir la constructora. Como éramos muy amigos, él nos dio una parte de la sociedad y nosotros aportamos nuestro trabajo.

–Ese trato ya no está funcionando —Anísio llamó la atención del viejo, y señaló el vaso vacío de Alaor.

–Digamos que estamos teniendo problemas a la hora de decidir lo que le conviene a la empresa —expliqué.

Alaor movió la cabeza, asintiendo.

Anísio se quedó quieto, como si estuviera pensando, mientras esperaba a que el viejo trajera otro rabo de gallo para Alaor. Entonces hablé:

–Esteban no acepta nuestro punto de vista y ahora nos amenaza con deshacer la sociedad. Quiere comprar nuestra parte para acabar con los problemas.

–¿No sería eso lo mejor para ustedes? —Anísio sacó un cigarro de la cajetilla y tamborileó con él sobre la mesa.

–No —respondí—. Dejé mi sangre en esa empresa y si me salgo ahora voy a recibir una insignificancia.

–Cree que nos chupamos el dedo —dijo Alaor.

Tuve la impresión de que ya estaba borracho.

–¿Por qué no le compran su parte?

–No tenemos dinero, Anísio. Pero Esteban tiene —y de sobra— para comprar nuestra parte y echarnos a patadas.

–Por eso se me ocurrió hablar con Norberto y él nos dijo que tú podrías ayudarnos —Alaor mencionó a su amigo, el que nos puso en contacto.

−¿Qué quieren hacer? —Anísio encendió un cigarro y se quedó mirando cómo se quemaba el palito del cerillo.

Me extrañó la pregunta. Siempre pensé que esos tipos eran más directos.

Busqué con los ojos a Alaor: él miraba hacia abajo de nuevo. Clavé la mirada en Anísio.

−¿Qué sugieres?

−Puedo darle un susto a su socio.

−No es eso lo que queremos.

Anísio dio una fumada al cigarro y dejó que el humo le saliera por la nariz.

−Lo que quieren es que saque al hombre del camino, ¿no?

−Exacto —sentí el sudor que escurría de mis axilas.

−OK. Puedo hacerles el trabajo, sin problema.

−Norberto nos dijo que tú podrías resolverlo —dijo Alaor con dificultad, como si algo le estorbara bajo la lengua.

−Nunca dejo de atender a los clientes que él me manda —dijo Anísio.

−¿Cuánto nos va a costar? —noté que mi cerveza se había acabado.

−Depende. ¿El tal Esteban anda con guardaespaldas y esas cosas?

−Nada de eso. Él es como nosotros, es gente normal. Es fácil, ya lo verás —Alaor de repente parecía entusiasmado.

−¿Tú crees? —Anísio lo miró fijamente—. Esto nunca es fácil. Si lo fuera, no habrían venido a buscarme.

La sonrisa de Alaor desapareció de su rostro.

–¿Cuánto quieres por hacer el trabajo? —traté de suavizar la tensión en la mesa.

–Veinte mil. La mitad ahora y la otra mitad después.

Consideré la posibilidad de discutir el precio pero abandoné la idea al ver cómo Anísio me miraba. En el portafolios bajo la mesa teníamos diez mil.

–Está bien —dije, y noté la cara que ponía Alaor—. ¿Cuándo piensas ocuparte de esto?

–No lo sé —dijo Anísio—. Necesito estudiar al tipo primero, saberlo todo sobre él. Así es como trabajo.

–¿Cuánto tiempo necesitas? —quiso saber Alaor, y su voz sonó divertida.

–Varía mucho. A veces dos semanas, a veces un mes. Otras veces un poco más.

–¿No podrías ser más rápido? —pregunté.

–Sí, sólo que es más complicado. Y cobro el doble —Anísio dio una fumada y tiró el cigarro casi entero al piso.

–¿Un cargo extra por la prisa? —Alaor se rio nervioso.

Carajo, pensé, no teníamos ese dinero disponible. Pero no lo comenté.

–¿En ese caso cuánto tiempo se lleva? —preguntó Alaor.

–En ese caso es más rápido —dijo Anísio, mirando primero a Alaor y después a mí, como si estuviera estudiando nuestras reacciones.

Yo sabía que a esas alturas no podíamos echarnos para atrás. Fue entonces cuando Alaor preguntó:

—¿Tú qué piensas, Iván? —dije que sí con la cabeza. Y aceptamos.

Anísio quedó satisfecho con nuestra decisión. Quiso saber si habíamos traído la fotografía de Esteban. Alaor tomó el portafolios, abrió el cierre y le enseñó una foto en que aparecíamos los tres en la empresa, delante de la maqueta de un condominio que habíamos desarrollado. Anísio tomó la foto para examinarla y Alaor puso el dedo sobre Esteban:

—Este es Esteban, el de barba. No te vayas a equivocar y mates a uno de nosotros, ¿eh?

La broma no le hizo gracia a Anísio. Alaor se dio cuenta y quitó el dedo como si se lo hubieran picado.

—Escribe la dirección en un papel —me pidió Anísio.

Mientras la anotaba, traté de imaginar cuál sería su reacción al descubrir que le íbamos a dejar apenas una parte del pago.

—¿Cómo quieren que lo haga? —preguntó Anísio al recibir el papel con la dirección de Esteban.

En ese momento no entendí la pregunta.

—Bueno, queremos que resuelvas el caso lo más rápido posible y listo —le dije.

Anísio miró por un instante la fotografía.

—Puedo hacerlo sufrir antes de matarlo...

Aquella dureza que había notado antes reapareció en sus ojos. Alaor me sorprendió:

—Mmh..., me gusta la idea. ¿Como qué podrías hacerle?

—Hay varias formas —dijo Anísio—. Una vez un influyente me contrató para encargarme de un camarada que estaba durmiendo con su mujer. Me pidió que maltratara bastante al tipo.

—¿Y qué le hiciste? —eso le interesó a Alaor.

—Primero lo amarré bien amarradito. Entonces le arranqué las uñas de los pies y después los dos ojos.

De repente me dieron unas ganas incontrolables de salir huyendo de allí. Cuando eructé sentí que la cerveza que me había bebido regresaba amarga del estómago a mi garganta. Vi la cara de Alaor, que parecía sentir placer con aquel relato.

—Mira, Anísio, lo que nos importa es que saques a Esteban de nuestro camino —dije, forzándome a no vomitar allí mismo—. La forma en que lo hagas es cosa tuya.

—Ah, no —intervino Alaor—. Estamos pagando caro y quiero que el hijo de puta sufra.

Aquello me chocó. Personalmente no conseguía odiar a Esteban. Me estorbaba y quería quitármelo de enfrente, sólo eso. Pero Alaor parecía estarse vengando de algo que yo desconocía.

—Antes de matarlo puedo decirle quién me mandó. ¿Qué les parece?

—Me gusta la idea —Alaor hablaba como borracho—. Es una pena que no vamos a poder verle la cara en ese momento, ¿o no, Iván?

Anísio dijo que podíamos quedarnos tranquilos, era sólo cuestión de esperar.

Me quedé en silencio, con el estómago revuelto, los dientes apretados por el horror que sentía. Pensé en decirle que había cambiado de idea y que deseaba cancelar el trabajo. Pero miré a Alaor y vi que era imposible: nuestro barco ya estaba lejos del puerto.

—Hay un problemita —Alaor colocó el portafolios sobre la mesa—. Sólo hay diez mil aquí dentro. Pero puedes estar tranquilo: te pagamos el resto en cuanto hagas el trabajo.

Anísio tomó el portafolios, abrió el cierre y revisó el contenido. Parecía molesto. Alaor y yo cruzamos una mirada rápida.

—Miren, normalmente no acepto este tipo de cosas. Pero me cayeron bien. Además, fue Norberto quien me recomendó, y confío en las personas en que él confía. Voy a aceptar esto como un adelanto. Espero que no estén pensando en pasarse de listos.

—¿Cómo crees? —Alaor se acomodó en la silla—. Te vamos a pagar hasta el último centavo.

—Estoy seguro de que lo harán —Anísio colocó el portafolios sobre sus piernas. ¿Quieren otra bebida?

Le di las gracias y dije que ya era hora de irnos. Anísio puso la mano sobre el brazo de Alaor cuando sacó la cartera para pagar la cuenta.

—Yo pago.

Antes de salir, Anísio nos hizo una serie de recomendaciones sobre cómo deberíamos comportarnos en la constructora durante los próximos días. Insistió en que no podríamos comentar el asunto con nadie, ni con nuestras mujeres.

Al levantarme, después de apretar la mano de Anísio, noté que los cuatro hombres habían dejado de jugar y ahora bebían cerveza sentados sobre la mesa de billar. Tuve la sensación de que cuando pasé me miraron fijamente, como si quisieran memorizar mis facciones. Es paranoia, pensé, sólo es paranoia. Pero pensar eso no me tranquilizó.

CAPÍTULO 2

CUANDO TOMAMOS LA RADIAL ESTE, RUMBO AL centro, Alaor se frotaba las manos, satisfecho:

–Unos días más y nuestro tormento habrá terminado. Creo que eso merece una fiesta.

–¿Y si el tipo se escapa con nuestro dinero y no hace lo que acordamos?

–Caramba, Iván, no seas pesimista. El hombre es un profesional, ¿qué no lo viste? Y además fue Norberto quien nos lo recomendó, es imposible. Anísio es el indicado.

El tráfico para salir del centro estaba cargado. Las personas que regresaban a casa compartían su impaciencia a bocinazo limpio.

–No tenemos ninguna garantía.

–¿Qué esperabas? ¿Que nos diera un recibo? Esa es buena. ¿Te imaginas? "Recibí la cantidad de diez grandes como adelanto por la eliminación del señor Esteban Araujo" —Alaor se rio de su propia broma—. Estas cosas no funcionan así, Iván. Tenemos que confiar en el tipo.

Nos detuvimos en un alto y una vieja despeinada se acercó para tratar de vendernos chocolates. Subí los vidrios y chequé los seguros de las puertas.

–¿Tú podrás dormir tranquilo sabiendo que debes tanto dinero a un tipo que tiene la costumbre de arrancarle los ojos a las personas? —miré a la mujer del otro lado de la ventana. Decía algo pero no la oíamos. Parecía enojada.

–¡Uy uyy! —dijo Alaor.

–¡Uy uy!, pero te encantó la historia. Creí que te ibas a venir escuchando aquellas barbaridades.

–Cómo eres ingenuo, Iván. Aquello fue sólo una representación. Anísio quería impresionarnos, presentarse como un gran cabrón. Puede que haya matado a aquel tipo, pero dudo que le haya hecho todo lo que nos contó. Yo sólo cumplí mi parte: fingí que le creía para dejarlo contento.

–¿Y ya pensaste de dónde vamos a sacar el resto del dinero?

–No vamos a preocuparnos por eso ahora.

El ruido de la vieja golpeando el vidrio comenzó a ponerme nervioso. Evité mirarla y pedí para que la luz verde no tardara.

–Sin Esteban jodiendo, nos vamos a hartar de dinero. Manejar a Silvana va a ser pan comido —Alaor se refería a la mujer de Esteban—. Ella no entiende un carajo de negocios y nunca se interesó por la constructora, sólo quiere saber cómo gastar el dinero de Esteban. Estamos a punto de despegar, ya lo verás.

Arranqué en cuanto la luz cambió a verde y pude ver por el retrovisor que la mujer seguía hablando y gesticulando, como si nos maldijera con una plaga.

Conduje en silencio hasta la 23 de Mayo. Cuando iba a preguntarle a Alaor si quería regresar a la constructora para tomar su auto, o si prefería que lo llevara directo a su casa, él se anticipó:

—Vamos a festejar, Iván. Conozco el lugar perfecto.

—Creo que prefiero irme a casa.

—Nada de eso, tenemos que celebrar. Dentro de poco estaremos libres de Esteban. Tenemos que irnos de juerga.

Yo también debía estar feliz. Pero no podía. Me sentía sucio, cansado, enfermo. Trataba de racionalizar, recordando que Esteban nos había colocado contra la pared por culpa del negocio de Brasilia. No había salida: iba a sacarnos de la empresa si no hacíamos algo. Era él o nosotros. Lo que estábamos haciendo era en defensa propia. Pero ese tipo de ideas no servían para alegrarme. Miré a Alaor, que tamborileaba eufórico sobre el panel del auto mientras me indicaba cómo llegar a ese lugar donde nos divertiríamos mucho. Lo envidié.

Estacioné el carro en una calle desierta de Pinheiros, frente a un conjunto de casas gemelas de dos pisos.

—Aquí es, me informó Alaor, señalando una de las casas. Te vas a divertir en serio.

—¿De qué se trata?

—Ya verás. *Funny girls,* compadre. Como nunca antes viste, te lo digo yo.

Eran un poco más de las once y las hojas de los árboles en la calle no se movían, iba a ser una noche sofocante. Mientras cerraba el auto, Alaor abrió el portón de la casa, atravesó un pequeño jardín y tocó el timbre. Fui tras él, la puerta estaba entreabierta y platicaba con una mujer como si fueran viejos conocidos.

Me presentó con ella y ésta abrió la puerta para dejarnos entrar. La sala era amplia y olía a perfume y cigarro. Sentadas en sofás y sillas, algunas muchachas conversaban, bebían y escuchaban música. Era difícil saber su edad, pero todas eran muy jóvenes. Menores, probablemente. Alaor me observaba:

—¿Te gustó? Esto es alto nivel, mi hermano. ¿Crees que te habría invitado si no fuera material de primera?

La mujer que abrió la puerta puso un vaso de whisky en mi mano y me preguntó si era eso lo que quería beber. Después de agarrar su vaso, Alaor se sentó entre dos muchachas y las saludó con un beso en el rostro. Yo continuaba parado en medio de la sala. Alaor me miró:

—Vamos, Iván: si no haces algo las chicas van a creer que tienes algún problema. Olvídate de los negocios. Es hora de divertirse.

Un gordo de rostro enrojecido y cabellos largos bajó la escalera en ese momento. Atrás de él, caminando con dificultad a causa de los tacones altos, venía una muchachita vestida con minifalda de cuero negro y con el rostro cargado de maquillaje. No debía tener más de quince años. Al pasar junto a mí, el hombre me miró y me dio la impresión de que lo conocía de alguna parte. Alaor se levantó con las dos muchachas.

–Hoy haré algo que siempre quise hacer —anunció, y las dos rieron. Me lo merezco, ¿no, Iván?

Me sentía ridículo de pie en medio de aquella sala, sujetando ese vaso de whisky. Vi que el gordo sujetaba por la mano a la joven de minifalda y conversaba con la mujer que nos había abierto la puerta. Le avisé a Alaor que me iba. Se indignó:

–No seas pesado, carajo. ¡Te traigo a un lugar maravilloso y en vez de aprovechar, te quedas parado como un poste!

–Estoy cansado, Alaor —busqué un lugar para deshacerme del vaso.

–Espérate, te voy a enseñar cómo librarte de ese cansancio. Mirna, ven acá.

Al oír su nombre, una joven rubia se levantó del sofá y se acercó. Era más baja que yo y vestía un pantalón rojo ajustado y una camiseta blanca sin mangas.

–Cuida a mi amigo —Alaor me palmeó el hombro—. Enséñale tu tratamiento contra el estrés. Lo necesita.

–Olvídalo, lo que necesito es irme ya.

Alaor me quitó el vaso de la mano.

–Con un carajo, Iván. Mirna, llévatelo para arriba. Relájate, Iván, algún día vas a agradecerme esto.

Alaor abrazó a las dos muchachas y subió la escalera a tropezones. Miré a Mirna y noté que al sonreír se le hacían dos hoyitos en las mejillas. Cuando el trío llegó a lo alto de la escalera, ella me jaló de la mano y subimos también.

El cuarto tenía un olor agradable, dulzón, había grabados eróticos japoneses en una de las paredes y un gran espejo en la otra. La cama matrimonial estaba en una esquina y del lado opuesto una puerta llevaba al baño. Sobre una cómoda, un pequeño aparato de sonido tocaba música francesa a bajo volumen. Antes de que Mirna cerrara la puerta, alcancé a oír a Alaor diciendo "Hoy toca" y enseguida, su risa estruendosa. Él y las dos jovencitas entraron en el cuarto contiguo.

–Vuelvo en un minuto —dijo Mirna y cruzó el cuarto en dirección del baño. Un cuerpo bonito que caminaba de forma graciosa.

Me senté en la cama y traté de entender lo que decía la cantante, pero su voz era prácticamente un susurro. Los hombros me dolían por la tensión.

Mirna dejó abierta la puerta del baño y observé cómo movía la cadera para bajarse el pantalón tan ajustado. Después se bajó a las rodillas la tanguita blanca que estaba usando y se sentó en el excusado. Fue cuando se dio cuenta de que yo la miraba y sonrió. Oí el chorro de orina al caer. Aquello me llamó la atención. Cecilia nunca dejaba la puerta abierta cuando iba al baño. Tenemos más de quince años casados, pero no conozco el ruido que hace mi mujer al orinar.

Mirna jaló la cadena y regresó al cuarto sin tomarse el trabajo de abotonar el pantalón, que parecía apretarle. Yo seguía sentado en la cama.

–¿Qué quieres hacer? —se acercó al espejo y se arregló el cabello mientras se admiraba.

–¿Cuántos años tienes? ¿Quince?

Dio media vuelta y me miró.

–Ojalá —sonrió Mirna—. Me encantaría…

–Pero no tienes mucho más que eso, dime la verdad.

–Me da gusto que pienses eso. Pero ya tengo veinte años.

Aquella plática parecía molestarle.

–Vamos a hablar de cosas agradables. ¿Quieres que me quite la ropa?

Y antes de que yo dijera cualquier cosa, Mirna repitió el movimiento de cadera que había hecho para liberarse de los pantalones ajustados.

–Quiero enseñarte una cosa —se quitó la camiseta con un rápido movimiento.

Cuando Mirna se quitó la tanguita me mostró un pequeño tatuaje de colores, semioculto y mezclado con los pelos semirrubios de su pubis. Era un dragón.

Mi papá tenía un símbolo tatuado en el hombro izquierdo. Un círculo, en el interior del cual había una serpiente enrollada en una especie de puñal. Una cosa siniestra. Pero yo sólo lo descubrí cuando ayudé a mi tío a bañarlo, el día en que se mató. Sólo entonces me di cuenta de que hasta ese día nunca había visto a mi papá sin camisa. Ni siquiera cuando viajábamos a la playa en las vacaciones se quitaba la camiseta, argumentando que no le gustaba asolearse. Semanas después de su muerte, le pregunté a mi mamá sobre aquel tatuaje. El asunto pareció perturbarla y cambió de tema, como si aquel símbolo tuviera que ver con su suicidio.

–¿Te gusta mi dragón?

Mirna estaba tan cerca que podía sentir el perfume discreto de su cuerpo.

—Es bonito —le dije—. Tan bonito como la dueña.

Mirna sonrió y los hoyitos surgieron en su rostro una vez más. Entonces miró su cuerpo en el espejo y quedó satisfecha con lo que vio. Sus senos pequeños y el pubis depilado en buena medida aumentaban la sensación de estar frente a una adolescente recién llegada a la pubertad.

—¿Qué quieres que haga? —preguntó.

Que me acordara de mi papá en aquel momento sirvió para deprimirme. Pensé en levantarme y salir de ahí, pero Mirna se me adelantó: colocó las manos en mis hombros, me empujó con delicadeza y me recostó sobre la cama.

—¿Quieres ver cómo adivino lo que te gusta?

Sentada sobre mi cintura, Mirna se inclinó, abrió mi camisa y lamió mi pezón izquierdo. Por alguna razón, su lengua estaba helada, lo que me produjo un escalofrío. Era el efecto que ella esperaba, pues se dedicó a usar la lengua con mayor vigor mientras me acariciaba con las dos manos. Yo continuaba tenso. Sólo me relajé cuando bajó por mi cuerpo, desabrochó mi cinto y me quitó el pantalón, sin dejar de lamerme.

En el momento en que su lengua llegó a mi ingle, la toqué por primera vez. La tomé por los cabellos y traté de guiar su boca. Mirna levantó la cabeza y me vio, apartó mis manos con suavidad, como si me estuviera diciendo que ella sabía lo que tenía que hacer. Entonces cerré los ojos.

Fue rápido y doloroso. Cuando abrí los ojos, me pareció absurda la posición de los amantes en el grabado japonés en la pared al lado de la cama. Mirna todavía movía la boca y me arañaba el pecho, provocándome los últimos espasmos. Visto por el espejo frente a mí, su cuerpo curveado dejaba expuestas las zonas oscuras de su ano y su coño.

Toqué sus cabellos, esta vez en una mezcla de caricia y agradecimiento. Mirna levantó la cabeza y sonrió. Después se levantó, pasó el dorso de su mano por los labios y caminó hacia el baño.

Me senté en la cama y me dediqué a observar mi imagen reflejada en el espejo. Había en mi rostro y en todo mi cuerpo algo entre melancólico y ridículo —la camisa abierta, los pantalones caídos sobre los zapatos y una débil erección. Sólo entonces vi el condón, con su punta flácida. Ella lo había colocado sin que me diera cuenta. Me lo quité, me subí los pantalones y fui al baño. Mirna estaba enjuagándose el rostro frente al espejo. Me miró cuando eché el preservativo a la basura.

–¿En qué trabajas?

–Soy ingeniero.

–Ah, igual que Alaor —dijo, mientras se arreglaba los cabellos con las manos.

–Él es mi socio —me abroché el cinto y me quedé con la camisa abierta.

–¿Y te gusta?

–¿Qué? ¿Ser ingeniero o ser socio de Alaor?

Mirna rio con sus hoyuelos:

—Bueno, las dos cosas.

Le dije que ser ingeniero tenía buenos y malos momentos, como cualquier otra profesión. Cuando hablé de Alaor, luego de explicar que lo conocía hace mucho tiempo, terminé por pensar en Esteban —y también en Anísio—. Sentí un gran cansancio.

Mirna me tomó de la mano, me llevó de nuevo a la cama y se recostó a mi lado después de apagar la luz. Su cuerpo era caliente y suave. Mientras hablaba, alisaba con su mano mi pecho sudado.

—Estoy terminando la escuela abierta, pero todavía no decido qué es lo que quiero estudiar.

—¿Eres estudiante?

—Pues sí. Esto no dura para siempre y tengo un hijo que criar.

—¿Tienes un hijo?

Mirna asintió, tomó mi mano y la colocó en medio de sus muslos. Mis dedos tocaron una línea que sobresalía de entre sus pelos ralos.

—¿Sientes? Es la cicatriz de la cesárea. Por eso me hice el tatuaje del dragón, para esconder la marca. ¿Tú tienes hijos?

—No, mi mujer no puede.

—Qué mal, ¿no?

—A veces —le dije—. ¿Qué edad tiene tu hijo?

—Va a cumplir tres años. Vive con mi mamá en San Sebastián. Yo soy de allá.

—Una vez construimos un condominio en San Sebastián y pasé una temporada por allá, como ingeniero residente. La pasé bien —le dije.

—¿Sabes que llegué a pensar en estudiar ingeniería? Pero todo mundo vive diciendo que es una carrera sin futuro, que ya hay demasiados ingenieros.

Pensé otra vez en Esteban y tuve ganas de decirle que dentro de poco, el mercado iba a tener una vacante. Pero preferí darle la razón: el mercado está saturado de ingenieros.

Mirna continuó hablando sobre los pros y los contras de las profesiones que podría escoger, hasta que dejé de prestar atención y sentí que un sopor agradable me invadía. Me dormí profundamente.

Desperté con un sobresalto, como si me izaran bruscamente de un pantano. Tenía la boca amarga, y la sensación de una amenaza terrible no se desvaneció cuando abrí los ojos. Seguía oprimiéndome y me acechaba en el cuarto que, en aquel momento, tenía el aspecto de un paisaje lunar, debido a la luz azulada que entraba a través de las rendijas de la ventana. No había dormitado sólo unos minutos, como pensaba. El día estaba clareando.

Mirna se había quedado dormida con su brazo sobre mi pecho. Rezongó cuando la empujé para levantarme e ir al baño.

Me lavé la cara y, en el momento en que iba a tomar la toalla para secarme, recordé el sueño que me había asustado. En él, mi papá, afligido, me pedía ayuda para quitarse el tatuaje. Él estaba sin camisa, pero yo me negaba a mirar aquel símbolo y me cubría los ojos con las manos. Mi papá me gritaba y me jalaba de los brazos, para obligarme a mirar. Esteban también aparecía en el sueño y me decía que no me preocupara, que él conocía a un hombre que podría resolver aquel problema. Aunque el hombre no aparecía en el sueño, yo sabía que se trataba de Anísio. En ese momento, Esteban me entregaba un alicate y me ordenaba arrancar el tatuaje de la piel de mi padre. Yo me negaba, pero Esteban insistía a gritos, diciendo que era necesario. Mi padre, sumiso y con la cabeza baja, sólo repetía: "Es necesario, hijo mío".

Debo haberme despertado en ese momento, pues no conseguí acordarme del final de aquel sueño tenebroso. Me eché más agua en el rostro, tratando de apartar de tajo el sopor que sentía. Me mojé los cabellos y me peiné con las manos de la mejor manera que pude.

Mirna dormía encogida, con una de las manos entre los muslos y el otro brazo estirado sobre la cama. Su respiración suave y su rostro sereno decían que, en aquel instante, su sueño era de una naturaleza muy diferente al mío. Ella se había tatuado un dragón para ocultar una cicatriz. ¿Qué historia maligna escondía mi padre bajo su tatuaje?, me pregunté. La dejé dormir y salí del cuarto.

Todavía en la escalera, pude escuchar la voz y la risa de Alaor. Estaba sentado en el sofá, contando una de sus historias a la mujer que nos había recibido en la casa.

—Mira quién está ahí —dijo Alaor cuando terminé de bajar la escalera—. Espero que Mirna todavía esté viva.

Una de las muchachas que había subido con él al cuarto estaba sentada en el piso, con la espalda apoyada en las piernas de él. Había un carrito metálico con té y galletas cerca del sofá.

–Está durmiendo —dije.

Alaor consultó su reloj y se rio.

–No sabía que andabas tan necesitado. Miren nada más qué sudado estás.

La mujer y la muchacha sonrieron. Resolví no explicarles que me había mojado los cabellos. ¿Para qué?

–Sírvele un té, Casia —la mujer tocó el hombro de la muchacha a los pies de Alaor.

–Gracias, pero ya me estoy yendo —dije, mirando a Alaor.

–¿Por qué tanta prisa, Iván? —dijo él—. Calma, cabrón. ¿Qué Mirna no fue suficiente?

Alaor se rio una vez más, pero yo no sonreí. Me senté en la silla y la muchacha me pasó una taza y me sirvió de una tetera plateada. Era muy bonita y sus cabellos muy cortos hacían que pareciera todavía más joven.

Alaor me ignoró durante algunos segundos y retomó la historia que les estaba contando. Uno de sus conocidos había sufrido un infarto fulminante.

–El tipo cayó como plomo en la calle, así, de repente. ¡Cuarenta y tres años! Ahí se acabaron sus prisas, sus compromisos, las deudas, los pleitos con los hijos, las peleas con su mujer, se acabó todo. Y acababa de hacerse un *check-up* completo, unas semanas antes.

–Así es —comentó la mujer y colocó la taza de nuevo en el carrito—. Sólo que nunca pensamos que eso nos puede pasar a nosotros.

–Es verdad —Alaor me miró—. ¿Sabes, Iván? A nuestra edad ya no falta mucho para que la única emoción que nos quede sea hacernos el examen de próstata.

Se carcajearon.

Vi mi reloj: eran las seis y quince de la mañana. Los pájaros cantaban allá afuera. Me levanté y avisé que me iba a casa. Alaor también se levantó y dijo que, aun contra su voluntad, debía acompañarme:

–Hoy es un día decisivo para nosotros.

La mención tan obvia de lo que estaba por ocurrir y su forma de sonreír me molestaron. Sentí una punzada en el estómago. Recordé que no había comido nada en más de doce horas.

Alaor le daba un beso en el rostro a la mujer cuando le pregunté cómo íbamos a pagar. Ambos me miraron como si hubiera dicho algo fuera de lugar.

–No hay nada que pagar —dijo ella—. Nunca le cobramos a sus invitados.

Miré a Alaor, que se despedía de la muchacha. La mujer me tomó por el brazo:

–Espero que Mirna te haya gustado. Y que vuelvas otras veces por aquí.

Yo continuaba mirando a Alaor, sin entender lo que estaba pasando.

Una vez en el auto, Alaor permaneció callado y se esforzaba por no sonreír. —Estoy esperando una explicación —le dije, mientras subíamos por la Rebouças.

−¿Cómo?

Frunció la frente, como si no tuviera idea de lo que le decía.

−"Los invitados de Alaor nunca pagan aquí" —imité la voz aguda de la mujer.

−Prestigio, mi viejo, prestigio.

−Prestigio, un carajo. ¿Hace mucho que frecuentas ese putero?

−No es un putero. Digamos que es una *casa de ninfetas*, lo cual sería mucho más correcto. Por cierto, es la mejor de São Paulo. ¿O qué? ¿No te gustó la niña?

Moví la cabeza, desanimado. A esa hora el tráfico en dirección de la Paulista ya era complicado.

−Dime la verdad: ¿no es Mirna una amenaza para cualquier matrimonio?

Alaor me dio una palmada en el hombro. Pensé en Cecilia. Nada podía colocar en riesgo nuestro matrimonio. Las cosas muertas son inmunes a las amenazas.

−Dime una cosa, Alaor: ¿siempre vas a ese sitio?

Esta vez fue Alaor quien movió la cabeza.

−Iván, Iván: cómo te tardas en entender las cosas. Yo *tengo* que ir allá con frecuencia. Ya sabes como es esto: no podemos descuidar los negocios.

Lo miré a los ojos. El hijo de puta sonreía:

−Soy uno de los socios de la casa.

Esta vez fui yo el que se rio. Era increíble.

—Cabrón —le dije—. ¿Eres dueño de una casa de citas? ¿Por qué nunca me contaste?

—¿Para qué? Tú sabes: hay cosas que no se pueden contar ni a nuestra propia madre, ¿verdad? Norberto me ofreció ser su socio en el negocio y acepté. ¿Qué tiene de malo? Por cierto, cualquier día te presento a Norberto. Te va a caer bien. Es buena gente.

Tomé el acceso a la Paulista. El sol anunciaba un día de mucho calor. Yo no me conformaba con lo que estaba oyendo.

—Me cuesta creer que mi socio es dueño de un putero y que yo nunca sospeché nada. No jodas.

—Diversificación de negocios, querido. Es la moda del momento.

—Carajo, Alaor, imagina el escándalo si alguien descubre esta mierda. Vas a la cárcel.

Estábamos detenidos ante un semáforo. La sonrisa cínica desapareció del rostro de Alaor. Me tomó del brazo y cuando volvió a hablar, el tono de su voz había cambiado:

—Lo que vamos a hacer con Esteban también merece la cárcel, Iván. ¿Cuál es el problema? No pienses que no te estás ensuciando las manos sólo porque es Anísio el que va a hacer el servicio. Es lo mismo, mi viejo. Bienvenido al lado podrido de la vida.

La luz se puso verde y volvió a ponerse en rojo sin que las hileras de los autos se movieran. Me sentía mareado, incluso débil, pero sabía que si comía algo en aquel momento vomitaría enseguida.

—¿Y si yo no hubiera aceptado tu propuesta cuando hablaste conmigo? ¿Lo habrías hecho de todos modos?

–¿Tienes alguna duda?

–¿Y si yo hubiera decidido impedirlo?

Alaor me miró como nunca me había mirado antes.

–Creo que es mejor no pensar en eso ahora, Iván.

Me quedé quieto, observando al rostro de aquel hombre a mi lado, como si lo viera por primera vez. Allí estaba mi socio Alaor, el inofensivo Alaor, mi amigo desde los tiempos de facultad, a quien yo creía conocer muy bien. Él se había dado cuenta de mi espanto y parecía divertirse con todo aquello.

El bocinazo del auto que se hallaba atrás del mío rompió el trance: la fila de vehículos frente a mí había avanzado unos metros sin que me diera cuenta.

–Esto va para largo, Iván. Detente ahí enfrente para que yo tome el metro. Tengo algunas cositas que resolver antes de ir a la constructora.

Me estacioné en la esquina, junto a la calzada. Alaor se estaba quitando el cinto de seguridad cuando le pregunté:

–¿Qué más me falta descubrir sobre ti?

–Que tengo el pito pequeño.

Alaor se dobló de tanto reírse y, cuando alzó la vista, las lágrimas escurrían de sus ojos.

Cuando se bajó del carro me quedé algún tiempo ahí, viendo cómo se alejaba en dirección del metro. Todavía se reía. De hecho se reía tanto que llamaba la atención de las personas que se cruzaban con él.

Un hombre canoso, de traje oscuro, que cargaba una maleta, se paró al lado del auto y me miró mientras aguardaba la luz verde de los peatones. Parecía un ejecutivo, un tranquilo padre de familia, de esos que llegan a casa por la noche después del trabajo, y acarician a los niños y al perro antes de sentarse al lado de la esposa en la sala, a tiempo para escuchar un fragmento del noticiero de la televisión. Le devolví la mirada y el hombre fingió consultar su reloj.

Aunque tal vez me equivocaba. Bien podría ser un rufián que hacía su ronda por los centros nocturnos, a fin de recoger las ganancias de la noche. Un jugador compulsivo que acabara de perder —o ganar— todo, en el póker de la madrugada. O quizás un hombre atormentado por su padre enfermo, la mujer insatisfecha, el hijo rebelde y la renta del departamento atrasada, que tratara de mantener las apariencias antes de saltar al abismo. Era difícil saberlo.

Se puso la luz verde para los peatones y el hombre me miró por última vez, antes de atravesar la Paulista, esquivando a las personas que caminaban apresuradas en sentido contrario. Cada uno con sus tatuajes y las historias que deseaba contar u ocultar.

Al llegar a casa me di un veloz regaderazo, pero ya estaba sudando antes de salir del baño. Cecilia aún dormía, recostada de bruces, con el rostro contraído y la boca abierta. Parecía una mujer indefensa, que estuviese rodeada por una amenaza implacable. La camisola se le había subido y su braga dejaba expuesta la blanca carne de sus nalgas.

Me había casado con ella dos años después de asociarme con Esteban y Alaor en la constructora. Fue una época feliz, hoy lo sé. Estaba seguro de que todos nuestros planes funcionarían, era sólo cuestión de tiempo. Pero no fue así.

Una histerectomía terminó con el sueño de Cecilia de ser madre. A partir de ahí algo se quebró entre nosotros. Ella pareció perder el brío, la fuerza que me había atraído cuando la conocí. Se volvió una mujer frágil y en la farsa que representamos a partir de entonces se contentó con un papel secundario, sin derecho a grandes diálogos.

A veces todavía cogíamos —y uso esta palabra porque es incorrecto decir que hacemos el amor.

En algún momento, Cecilia y yo nos dimos cuenta de que nuestra relación había fallecido, pero ninguno de los dos reaccionó. Hay cadáveres que, por razones que ignoramos, no se descomponen. Y no habiendo mal olor que perturbe a los vecinos, no hay necesidad de llamar al Instituto Médico Legal.

Me vestí y, antes de salir del cuarto, miré una vez más el cuerpo semidesnudo de Cecilia. Para mi sorpresa tuve una erección. Una erección inesperada, extraña, inútil. Porque en aquel instante yo no sentía ningún deseo. Ni sueño ni hambre. Sólo miedo.

CAPÍTULO 3

LAS PRIMERAS CANAS COMIENZAN A APARECER EN la barba de Esteban. En el cabello son tantas que dan un tono grisáceo a su cabeza, un color plateado sucio. Una vez me contó que al principio, cuando surgieron las primeras, se tomaba el trabajo de arrancarlas, una por una, con pinza. Después tuvo que conformarse con la derrota por herencia genética —su padre, según me contó, ya estaba completamente canoso antes de los cuarenta.

Esteban está sentado frente a mí, hojeando sin mucho interés una revista de arquitectura y decoración. Mientras tanto, yo reviso los cálculos de un proyecto. Varias veces sube la mirada por encima de la revista y me observa con discreción. Yo me doy cuenta sin tener que desviar la atención de lo que estoy haciendo, sin tener que mirarlo directamente. Esteban quiere decirme algo. Pero espera, da rodeos. Él es así...

Anísio va a matarlo. Tal vez espere, escondido en el estacionamiento, al anochecer, y de repente salte sobre él y lo apuñale. No. El guardia vería a Anísio entrar al estacionamiento.

Esteban me mira una vez más y saca su cigarrera de metal y el encendedor de la bolsa de su camisa. Saca un cigarrillo café y se lo pasa por la nariz.

Tal vez Anísio lo espere esta noche, cerca de su casa, avance hacia su auto justo cuando llegue Esteban, y aproveche el tiempo que tarda en subir el portón electrónico para tirar dos, tres veces, sin darle a Esteban el tiempo de comprender siquiera lo que está ocurriendo, o de ver el rostro de quien le dispara. No, tampoco. Antes de disparar, Anísio tendrá que decirle a Esteban quién lo mandó matar porque Alaor así lo pidió.

Esteban enciende el cigarrillo, uno de los diez que fuma todos los días, y guarda el encendedor en la bolsa de su camisa. Entonces despide una ráfaga de humo azulado en el aire de mi oficina. Diez cigarrillos al día. Ni uno más ni uno menos. Me contó que ya le había pasado, en algún día tenso, fumarse los diez antes del anochecer, pero que por muchas ganas que tuvo, se aguantó y no prendió el undécimo. Un hombre metódico. Capaz de usar una pinza para arrancarse las canas que van apareciendo.

Anísio podría simular un choque y una discusión en el tránsito para matarlo. No. Es muy complicado, la fuga sería difícil, habría testigos por montones. No, no va a ser así.

Termino los cálculos, pero sigo mirando los papeles que están enfrente de mí y mordisqueo ligeramente el lapicero, como si hubiera detectado algo incorrecto. Conozco a Esteban, quiere decirme algo. Pero sigue dando rodeos. Yo espero mientras él fuma.

Esteban no sabe que sus cabellos y su barba jamás llegarán ser completamente blancos, como los de su padre.

Puede ser que Anísio simule un asalto en la calle, un secuestro relámpago, de esos en que el asaltante obliga a la víctima a visitar un sinfín de cajeros electrónicos, antes de matarla.

Puede ser.

Lo cierto es que Anísio tendrá que proceder rápidamente, no va a tener tiempo de estudiar el comportamiento de su blanco ni escoger la ocasión más adecuada para el ataque. No tendrá tiempo para saber que, como todo sujeto metódico, Esteban sigue movimientos rutinarios. Cada martes, por ejemplo, va directo de la constructora a un juego de futbol con sus amigos, en un club de Jardins. Los miércoles, de manera invariable, cena en casa de sus papás. Los jueves, sin falta, es día de sauna —yo lo acompañé una vez y, para mi sorpresa, era simplemente un sauna, sin mujeres. Sólo había ejecutivos sudando en el vapor y pláticas sobre escándalos políticos o sobre las medidas económicas del gobierno. Un comportamiento previsible. Pero eso no le servirá a Anísio.

—Quiero decirte que siento mucho lo que está sucediendo.

Por fin comenzó a hablar. Yo levanto la mirada con el lapicero en la boca y espero. Anísio puede colocar una bomba bajo el auto de Esteban. No, las bombas sólo pasan en las películas americanas. En Brasil eso no sucede.

–Por encima de todo, somos amigos —me dice, mientras mira el humo que se desprende de su cigarrillo—. Sé que hace mucho tiempo que tú y Alaor están insatisfechos con el dinero que ganan aquí. Sé también que los dos trabajan como bestias y esta empresa les debe mucho. Pero no puedo aceptar lo que me proponen, ¿me entiendes?

No lo interrumpo, apenas lo miro mientras me habla. Anísio puede llevarlo a uno de esos galpones abandonados y arrancarle las uñas, sacarle los ojos, puta madre...

–Yo nunca quise negociar con el gobierno, como tú sabes. Siempre hay algo sucio. Convocan a concursar para cualquier obra pública y ya sabes de antemano cuál empresa va a ganar. Basta con sobornar al tipo indicado y seguir pagándole hasta que te asignen el presupuesto. Así es eso. Yo nunca acepté eso, Iván. Si otras constructoras lo hacen, no es mi problema.

Esteban se exalta, da una fumada corta a su cigarrillo y busca en mi mesa un lugar para dejar su ceniza. Le arrimo el cenicero. ¿Cuándo irá Anísio a hacer el trabajito? ¿Hoy mismo? ¿Mañana?

–No sé si sabes, Iván, pero ya recibí propuestas de personas vinculadas al gobierno. Pero nunca quise meter a nuestra empresa en ese tipo de cosas. ¿Para qué? Es sólo cuestión de tiempo para que estalle uno de esos escándalos y la bomba nos explote en las manos. No quiero ver a la constructora en los periódicos y en la televisión por un negocio de ese tipo. ¿Te imaginas? Mi padre se muere del corazón si nos metemos en una de esas tonterías.

Esteban desciende de una familia de barones del café de la provincia paulista. Una calle llena de árboles en Pacaembú lleva el nombre de su abuelo. Su padre, un jurista renombrado, es autor de varios libros considerados de texto, que se usan en la carrera de derecho. Gente de linaje aristocrático. Es posible que el propio Esteban le de nombre a una calle después de que Anísio haga su trabajo.

—¿Me entiendes ahora por qué me enojé tanto cuando tú y Alaor me vinieron con la propuesta de Rangel?

Esteban hace una pausa y mira la foto que decora la pared a mis espaldas: una pareja que atraviesa una calle llena de charcos, los cuales reflejan un cielo bajo y nublado. Cartier-Bresson, París.

Rangel... ¿Sabes que ni me acordaba de ese tipo?

Rangel fue nuestro colega en el Politécnico, y en ese entonces, Esteban y él eran inseparables. Andaban juntos a toda hora en la facultad y después en todas las fiestas y parrandas. Hasta que, en el último año, tuvieron una pelea muy desagradable y se hicieron enemigos. Después de la graduación, nunca más oímos hablar de Rangel.

—Lo que más me divierte de todo esto es que tú y Alaor pensaran que yo iba a aceptar un negocio como ese —dijo Esteban—. Es como si no me conocieran, ustedes saben que nunca le entraría.

Lo sabíamos, pero resolvimos tentar a la suerte. Era una oportunidad que nadie podría rechazar: un concurso con cartas marcadas para una serie de obras públicas, con la garantía del propio Rangel, que trabajaba para el gobierno. Había mucho dinero en juego y Alaor y yo creímos que Esteban estaría tentado a aceptar. Pero su reacción fue la peor posible. Nuestra insistencia provocó un callejón sin salida y Esteban resolvió deshacer nuestra sociedad.

—En el fondo yo sé que eso es cosa de Alaor —Esteban mira su cigarrillo y antes de llevárselo a los labios cambia de idea y lo apachurra en el cenicero—. Apuesto a que fue él quien contactó a Rangel, ¿no es cierto?

No fue él. Pero miro a Esteban y muevo la cabeza, confirmando. Él parece satisfecho.

—Yo sabía que sólo podía ser cosa de Alaor. Después te metió la idea en la cabeza, ¿verdad?

No fue así, pero algo me lleva a asentir, y Esteban sonríe.

La verdad es que fui *yo* quien hizo el contacto con Rangel, durante un encuentro casual en la sala de embarque del aeropuerto de Congoñas. Si él no me hubiera abordado, yo no lo habría reconocido. Rangel estaba muy diferente del hombre delgadito que conocimos en el Politécnico, tanto que me tardé en entender por qué aquel tipo gordo y calvo que tomaba café a mi lado, en la barra, me miraba con insistencia. Hasta que me sonrió y preguntó si ya no me acordaba de él. Su vuelo estaba retrasado y aprovechamos para conversar sobre los viejos tiempos. Cuando le dije que tenía una constructora en sociedad con Esteban y Alaor, Rangel me contó que trabajaba para el gobierno y que tenía algo que tal vez nos interesaría. Diez días después de ese encuentro, almorcé con él en Brasilia para conocer los detalles de su propuesta. Sólo entonces hablé con Alaor, que aceptó enseguida.

—Yo estaba seguro de que en algún momento el cabrón de Alaor iba a causarnos problemas —dijo Esteban y miró otra vez hacia la foto de la pared—. ¿Tú sabías que él tiene otros negocios paralelos?

Le digo que no y hago mi mejor cara de sorpresa posible.

—El otro día lo descubrí por casualidad. El cabrón entró al giro de la prostitución, ¿puedes creer eso? Alaor es padrote en sus horas libres...

Esteban vuelve a exaltarse, yo mantengo el aire de espanto en el rostro. Aunque muero de ganas de reírme.

—Ve tú a saber si no vende drogas también. Esa mierda siempre va junta, ¿no es cierto?

Le digo que sí.

—¿Sabes que podríamos tener grandes problemas en cualquier momento por culpa de eso?

Le digo que nadie es responsable por lo que uno de sus socios haga fuera de la empresa. Pero Esteban mueve la cabeza.

—No seas ingenuo, Iván. Piensa en el escándalo para la empresa si alguien descubre esos negocios.

—Es verdad —le digo.

Esteban se queda en silencio por algunos segundos y su respiración se vuelve ruidosa.

—Pero ¿sabes que esa mierda del negocio con Rangel llegó en buen momento? Me dio la oportunidad de resolver mi problema con Alaor. Como tú sabes, tengo el derecho de comprar las acciones de mis socios minoritarios cuando mejor me convenga.

Esteban cita una cláusula del contrato que hicimos al fundar la constructora, tal como lo hizo cuando Alaor y yo le presentamos la propuesta de Rangel.

—Voy a comprar la parte de Alaor —dice—. Hace tiempo que esa historia me tiene hasta los huevos y pienso resolver esto de una vez por todas.

Miro a Esteban, esperando que diga que también va a comprar mi parte, como lo hizo durante la discusión que tuvimos entonces. Permanecemos algún tiempo en silencio, uno mirando a la cara del otro, como dos boxeadores que se estudian. Entonces Esteban me sorprende con un movimiento inesperado.

—Tengo una propuesta que hacerte —dice mientras se pasa la mano por los cabellos—. Voy a comprar la parte de Alaor, pero si quieres, tú puedes seguir en la sociedad, y aumento tu participación. Nos olvidamos de la historia de Rangel y hacemos de cuenta que aquí no pasó nada.

Esteban evalúa mi reacción. Levanto las cejas de nuevo, sólo que ahora mi susto es real.

—No tienes que responderme ahora —Esteban se levanta y coloca la revista que hojeaba sobre la mesa—. Piensa en el asunto y lo platicamos después, ¿te parece?

En ese momento el teléfono suena y Marcia, nuestra secretaria, me avisa que el doctor Rangel, de Brasilia, está en la línea. Esteban se queda de pie, mirándome, como si hubiera captado algo en el aire.

—Diga —respondo.

—Hola, Iván, ¿por qué no me han enviado las propuestas, según lo acordado? Carajo, se nos va a vencer el plazo.

—Sí, ya sé, ya sé —le digo.

Esteban me sigue observando con los brazos cruzados.

—Hace mucho que debía tener los sobres con la calificación técnica y su propuesta financiera, cabrón. ¿Qué les pasa? ¿No quieren ganar dinero?

—No es eso. Es que… —tartamudeo y evito mirar a Esteban, pero sé que él todavía me está observando. Anísio va a matarlo.

—Cabrón, deja de darme largas y manda pronto los papeles. Tienen que estar aquí a más tardar el viernes. Si no, ustedes se quedan fuera del concurso y no podré hacer nada, ¿entendiste?

—Sí —respondo.

Anísio va a matar a Esteban, que sigue parado frente a mi mesa, con aires de quien se está divirtiendo con mi situación.

—Preparé todo para ustedes. No se distraigan, que me echan a perder mis planes, ¿eh?

—No te preocupes —miro el rostro de Esteban y veo que está sonriendo. Pero Anísio va a acabar con esa sonrisa a tiros.

—No se distraigan, ¿eh? El viernes —me dice Rangel antes de colgar.

Me tardo en poner el teléfono sobre el aparato, tratando de imaginar cómo será que Anísio va a hacer el trabajito. Esteban deja de sonreír, en su rostro aparece una sombra de preocupación.

—Era Rangel, ¿verdad?

—Sí —respondo.

—Ya lo sabía. Se podía sentir el olor a mierda —Esteban descruza los brazos y suspira—. Bien, ya conoces mi propuesta. Elige lo que más te convenga. Piensa en esto y dime. ¿Te parece bien?

CAPÍTULO 4

Alaor estaba de espaldas, en el centro del cantero de la obra, en medio de un manojo de fierros, pedazos de madera, montones de arena y ladrillos regados por el terreno excavado, como acompañando una autopsia topográfica. Vestía la misma ropa del día anterior.

Platicaba con el encargado de la obra, un sujeto de cabellos lacios y barrigudo. Había un joven sin camisa tallándose los brazos con jabón frente a un tambo oxidado lleno de agua, a pocos metros de los dos. Alaor me vio primero y levantó la mano en un saludo apresurado. Señalaba un punto al fondo del terreno y le decía algo al encargado. Caminé a tropiezos por el suelo irregular y ambos se volvieron al mismo tiempo, atraídos por el ruido que hice al pisar una piedra y resbalarme.

–Cuidado, ingeniero —dijo el encargado.

Alaor se divertía con mi torpeza. Parecía desear que me cayera. Cuando conseguí acercarme, su sonrisa tenía algo de frustración.

–Necesito hablar contigo —le dije.

–¿Hay problemas?

Miré al encargado, que se pasaba los dedos por el bigote —en realidad, una pelusa que le daba a su rostro cierto aspecto juvenil. Alaor comprendió que quería hablar con él a solas.

–Dame un segundo. Ya estoy terminando aquí con Cícero.

Me alejé de los dos con cuidado —sabía que Alaor y Cícero me observaban— y me detuve cerca de la valla que cerraba la entrada a la obra. El joven sin camisa ya se había mojado el tórax con agua y silbaba mientras se pasaba el jabón por las axilas. En aquel momento no había sol, pero el calor seguía sintiéndose.

El nombre Araujo & Asociados estaba escrito en rojo en una lámina que colgaba de la valla, seguido del logotipo de la constructora: dos letras mayúsculas desaliñadas, formadas a partir de la fachada estilizada de dos casas contiguas. Y abajo de esto, el nombre de Alaor, el de Esteban y el mío. Ingenieros responsables.

La división de tareas en la empresa, que se decidió cuando nos asociamos, siempre me molestó. Esteban asumió el papel de dueño, definía qué proyectos íbamos a aceptar y cuidaba de los detalles y los contratos con los clientes. Alaor era nuestro hombre en el terreno, a él le tocaba cuidar de la obra, de la contratación y administración del personal que trabajaba en cada construcción. El contratista. A mí me quedaba el trabajo de detallar y calcular los proyectos. Yo era el burócrata.

Siempre que me quejaba de la situación, Alaor argumentaba que ese era el arreglo ideal, y aprovechaba para retomar una vieja broma sobre mi supuesta incapacidad para lidiar con las cosas prácticas. "Imagínate lidiando con los albañiles, Iván", acostumbraba decirme. "Te comerían vivo. Es gente bruta, hermano, que sólo entiende con lenguaje bruto. No tienes estómago para eso, créeme." Era irritante. Parecía un padre, explicando al hijo con aparato ortopédico por qué no puede jugar futbol con los otros muchachos.

Para empeorar las cosas, en las raras ocasiones en que supervisé alguna obra de cerca —cuando Alaor estaba de vacaciones o no podía estar presente por alguna razón—, tuve problemas. En San Sebastián, por ejemplo, acabé peleándome con el capataz, que no aceptaba mis indicaciones, y casi nos agarramos a golpes. Esteban tuvo que viajar de urgencia hasta allá para calmar los ánimos e impedir que pararan la obra, ya que los peones tomaron partido por el capataz. Sabía que aparecerme por las obras no mejoraba en nada mi imagen ante Alaor.

Alaor terminó de hablar con Cícero y caminó hacia donde yo estaba, a paso firme sobre el terreno. El capataz se reunió con el joven junto al barril de agua y, luego de quitarse la camisa, también comenzó a lavarse.

Alaor también miró la placa frente a nosotros y meneó la cabeza:

–¿Te acuerdas de cómo discutimos por el orden en que debían aparecer nuestros nombres?

–Fue una tontería de Esteban —dije.

–Tontería, mis huevos. Acuérdate bien, Iván. Tú tampoco querías que tu nombre estuviera en último lugar.

Era verdad. La discusión comenzó a la hora de preparar la placa para el primer proyecto de la constructora. Esteban decía que por ser el socio mayoritario su nombre debía ser el primero entre los ingenieros responsables de la obra. Alaor, que ya era el responsable, no quería ser el último. Ni yo. Tonterías de los que acaban de salir de la facultad. Al final fue Alaor quien, con un movimiento astuto, sugirió que pusiéramos los nombres en orden alfabético. Por eso aparecía en primer lugar. Y yo en último. Esteban cedió, pero nunca se había conformado.

–Eran buenos tiempos, cuando sólo peleábamos por ese tipo de cosas, ¿no? —Alaor se recargó en la barda—. Lo mejor de todo es que pronto dejaremos de ver su nombre en las placas...

–El nombre de Esteban va a continuar apareciendo en las placas, Alaor.

Él me estudió por un momento:

–Ah, ya sé: como un homenaje, ¿no? No tengo nada en contra. Podríamos seguir poniendo su nombre en las placas, seguido de un *in memoriam*. Puedo imaginármelo muy bien.

–Vine a decirte que no voy a continuar con el jodido plan. No mataremos a Esteban.

–¿De qué estás hablando? —Alaor se puso serio.

–Lo que oíste. Quiero dar por terminado tu plan.

–¿Mi plan? El plan es *nuestro*, mi estimado socio. Y por nada del mundo se va a cancelar.

Estaba alzando la voz. Cícero y el joven nos miraron.

–No sé en qué estaba pensando cuando le entré a este negocio, Alaor. No podemos continuar.

–Qué gracioso eres, Iván. Ayer por la noche, cuando fuimos a hablar con Anísio, todo estaba bien. ¿Ahora me vienes con que no podemos continuar? ¿Qué te pasa? ¿Tienes una crisis de conciencia?

–No podemos, Alaor. Lo que quieres hacer es una puta locura.

Él volvió a levantar la voz:

–Ni se te ocurra pensar en zafarte. Estás conmigo hasta el fin, ¿me entiendes? No tienes cómo salirte.

–No cuentes conmigo. No quiero saber más de esta mierda.

Me temblaba la voz. Los dos obreros seguían observándonos.

–¿Ah, sí? ¿Y tú crees que las cosas funcionan así? ¿Cambias de idea, te sales sin broncas y ya? Te equivocas, compadre. Estamos juntos en esto pase lo que pase.

Alaor escupió al piso y la saliva desapareció al instante chupada por el polvo. Excepto por el tono de su voz, parecía tranquilo, totalmente seguro de sí mismo. Alaor hablaba sobre un asesinato como si discutiera con un cliente el mejor lugar para instalar la chimenea de la casa. Eso era lo que más me asustaba.

Alzó la mirada hacia el residente y el joven, que cuchicheaban y que, al verse sorprendidos, se siguieron lavando. Me jaló del brazo y me condujo a la calle.

–¿Sabes qué? Cuando te vi llegar creí que Anísio ya había hecho el trabajo y que venías a darme la buena noticia.

Nos recargamos en mi auto y guardamos silencio durante un largo rato. Me crucé de brazos porque no sabía qué hacer con ellos.

–Vamos a terminar en la cárcel —dije.

–Claro que no —sonrió Alaor—. ¿Eso es lo que te da miedo? Carajo, no me salgas con mariconadas. Todo va a salir bien, no te preocupes.

Una mulata salió de la casa de enfrente, empujando una carriola, y cruzó la calle hacia nosotros.

–No puedo hacerlo —le dije. Mi voz temblaba de nuevo.

La mulata pasó con la carriola frente a nosotros, lentamente. El bebé tenía la piel muy clara, grandes ojos azules y apenas unos hilachos de cabello rubio en la parte alta de la cabeza. Alaor se inclinó y jugó con él. Movía los dedos frente a su rostro. La mulata sonrió, tenía dientes enormes y muy blancos. No dijimos nada, mientras ella se alejó con el mismo paso reposado.

Sin quitar los ojos del trasero de la mujer, Alaor dijo:

–No ganas nada con patalear, Iván. Es demasiado tarde para arrepentirnos. ¿Qué piensas hacer? ¿Ir a buscar a Anísio y decirle que lo pensamos mejor y que, si él quiere, puede quedarse con los diez mil que le dimos de adelanto? No quiero ni pensar qué te haría.

–Podemos avisar a la policía…

Alaor se rio tan fuerte que sacudía los hombros.

—¿Sabes qué creo a veces? Que no te funciona bien la cabeza? Digamos que vamos a la policía. ¿Qué les diríamos? ¿Que contratamos a un asesino y que ahora cambiamos de idea? Nos meterían al bote en ese instante.

—Debe haber una forma…

—Claro que sí. Quedarse quietos y esperar. No tardará mucho, Anísio prometió hacerlo rápido.

Vi que el capataz acababa de salir por el hueco de la barda. Se había peinado y vestía una camisa a cuadros. Tan pronto salió se detuvo para atisbar la calle y se alisó el bozo sobre el labio superior. Tenía ese tic.

—Esta mañana platiqué con Esteban —le dije a Alaor—. Ya sabe que tienes una casa de citas.

El rostro de Alaor se iluminó.

—Ya sé que sabe. Pero apuesto a que no te contó cómo lo descubrió.

Alaor se rio.

—¿Te das cuenta de qué inocente eres, Iván? Esteban y sus amigos van allá todos los martes, después del futbol. No fallan, son clientes distinguidos de la casa. Fue así como lo descubrió. Por cierto, qué raro que no te habló de Mirna. Es su muchacha favorita.

La mulata llegó al final de la cuadra con el bebé y ahora venía de regreso.

—Hasta sé qué le gusta hacer con ella —dijo Alaor.

Cuando la mulata se acercó a la barda, el capataz se irguió y la miró. Tuve la impresión de que hacía un gran esfuerzo para meter la barriga.

—Métete una cosa en la cabeza, Iván: Esteban no es una perita en dulce. Si se lo permitimos, pasaría por encima de los dos con un tractor. Lo haría a la menor oportunidad, compadre.

Al pasar por la barda, la mulata ignoró al capataz, como si no estuviera ahí. Cícero parecía en trance, hipnotizado por los movimientos de la mujer. Se pasó la lengua por los labios y, en ese momento, al darse cuenta de que lo observaba, sonrió sin gracia.

Alaor y la mulata intercambiaron una mirada veloz cuando ella pasó junto a nosotros y atravesó la calle.

—A la menor oportunidad —repitió.

Y se quedó mirando a la mujer, una vez más, hasta que ella llegó al otro lado de la calle.

—Ve a Cícero, por ejemplo —Alaor señaló al encargado con un movimiento de cabeza—. Parece inofensivo, pero ¿tú crees que está satisfecho con lo que tiene?

Miré a Cícero y noté que había vuelto a ocuparse de su bigote.

—Él es el encargado de la obra, tiene poder, manda a los peones, pero no está contento con eso. Quiere más, como todo el mundo. Y si se presenta una oportunidad, va a aprovecharla, ¿te cabe la menor duda?

Moví la cabeza, desanimado.

—El mundo es así, compadre —continuó Alaor—. Cícero puede tener cara de bobo, pero si es necesario se vuelve un cabrón. Basta que surja una buena oportunidad. Él te respeta únicamente porque sabe que tienes más poder que él. Pero no es bueno descuidarse ante alguien como él.

En ese momento, el capataz sacó una pequeña navaja y comenzó a limpiarse las uñas. El otro trabajador salió casi de inmediato y se quedó de pie a su lado. Vestía pantalones de mezclilla y una camiseta blanca, estampada con el rostro de un candidato a diputado, y de vez en cuando volteaba en dirección de nosotros.

—En el fondo esa raza quiere tu carro, Iván —dijo Alaor—. Quieren tu puesto, tu dinero y tu ropa. Quieren cogerse a tu mujer, ¿me entiendes? Y lo harían a la menor oportunidad. Eso es lo que vamos a hacer con Esteban: vamos a aprovechar nuestra primera oportunidad antes de que él lo haga primero.

—Tienes una bella filosofía de la vida —le dije.

Saqué las llaves del auto de la bolsa de mi pantalón y le dije a Alaor que me iba a casa. Él se apartó para dejarme entrar y cuando encendía el motor se asomó por la ventana:

—Hay una cosa que no te dije, Iván, pero creo que es bueno que lo sepas. Antier Esteban me invitó a comer y tuvimos una conversación muy extraña.

—¿Qué tipo de conversación?

—Me dijo que había pensando mucho en nuestra pelea y que quería proponerme algo. Yo me quedé callado y me dediqué a escucharlo. Me dijo que estaba pensando en comprar tu parte de la constructora y que le gustaría que yo no me fuera, que incluso podría aumentar el porcentaje de mis acciones. Me preguntó qué pensaba de su propuesta.

—¿Y qué le respondiste?

—Nada. Le dije que necesitaba unos días para pensar en el asunto. Pero no voy a pensar un carajo, sólo quería ganar tiempo.

Permanecí en silencio, tratando de pensar, mientras observaba a los dos hombres que se hallaban parados frente a la barda. El capataz dijo algo chistoso y el muchacho reía a carcajadas mientras se cubría la boca con la mano.

—No sabía si contarte o no lo que me propuso Esteban —dijo Alaor, al tiempo que movía el espejo retrovisor de mi auto—. Pero estamos juntos en esta y necesitamos confiar en el otro.

Miré el rostro de Alaor. Ya no confiaba en él.

—Mira el caso de Esteban: si él confiara en nosotros, nada de esto sería necesario. Pero ya no confía en nadie —Alaor hablaba tan cerca de mi cara que pude sentir su aliento pesado.

El residente y el muchacho jugaban a tirarse golpecitos y a esquivarlos, simulando una pelea de box. Un juego estúpido. Me puse el cinto de seguridad pero Alaor me detuvo del brazo:

—En el fondo, esta historia de Rangel fue el pretexto que él estaba esperando para echarnos de la constructora, créeme. Por otro lado, es cierto que todavía odia a Rangel... Todo por causa de aquel rollo con Silvana...

Yo me acordaba de la historia. Esteban era novio de Silvana en la facultad y, en una ocasión en que se pelearon y estuvieron separados, Rangel tuvo una aventura con ella. Cuando Esteban lo supo, se alejó definitivamente de Rangel. Más tarde volvió con Silvana y se casaron poco después de terminar la universidad.

—Todo mundo le traía ganas a Silvana en aquel tiempo, ¿te acuerdas? Yo soñaba con ella al menos una vez por semana —Alaor apretó mi brazo—. ¿O vas a decir que a ti no te gustaba?

Miré la expresión de malicia en su rostro. Una mata de pelos oscuros sobresalían de la nariz de Alaor. Largos e inquietos, como antenas de insectos.

—Carajo, Alaor, ella era la novia de Esteban...

—No me vengas con eso, Iván, tú no eres ningún santo. Dime la verdad: si hubieras tenido la oportunidad de salir con ella en aquella época, ¿la hubieras dejado pasar?

Silvana era una de las mujeres más bonitas de nuestra generación. La familia de ella y de Esteban se conocían desde hacía varias décadas. Habían crecido juntos.

—Por nada del mundo, cabrón, y tú lo sabes —concluyó Alaor—. Fue lo que hizo el hijo de puta de Rangel.

—Fue desleal con Esteban.

—No me hables de lealtad. Rangel se limitó a hacer lo que cualquiera de nosotros tenía ganas de hacer. ¿O no?

Aquella plática me estaba irritando. Quería irme, pero Alaor no quitaba la mano de mi brazo y no dejaba de hablar.

—Es verdad que Silvana engordó después de que nació Marina. Nunca volvió a ser lo que era. Pero aún así está buenísima. Con todo respeto, claro...

—¿Qué mierda de plática asquerosa es esta, Alaor?

—Yo también me la hubiera cogido, ¿tú no?

Él se agachó al lado de la puerta.

—¿Sabes qué es lo más gracioso? Que deberíamos dar gracias al cielo porque Rangel se acostó con Silvana.

—¿Por qué?

—Porque si Esteban no se hubiera peleado con Rangel, ¿a quién crees que Rangel hubiera invitado para ser su socio en este negocio? Estaríamos fuera, cabrón. Esteban era su amiguito del alma.

—Tengo que irme.

—¿Nunca habías pensado en eso? Rangel será nuestro gran benefactor. Quiere ayudarnos a ganar dinero...

—Mira, Alaor, ya tengo que irme.

No esperé a que se separara. Pise el acelerador y me fui a casa. Por el retrovisor vi que Alaor se quedaba de pie en la calle, los brazos cruzados, pensativo.

CAPÍTULO 5

EL COCHE DE ESTEBAN FUE LOCALIZADO A LAS TRES de la tarde del jueves, al final de una calle sin pavimentar en el extremo sur de la ciudad.

Un hombre halló el auto por la mañana, cuando iba rumbo al pozo que abastece de agua a los habitantes del barrio. Le pareció extraño encontrar un coche de aquellos cerca del local que usan para tirar la basura. Pero no hizo nada. Después de desayunar notó que algunos jóvenes de los alrededores rondaban el carro y se imaginó que planeaban desvalijarlo. Entonces caminó un kilómetro y medio hasta un teléfono público y avisó a la policía.

El cuerpo de Esteban se hallaba en la cajuela. Alguien le había disparado a la cabeza. Una sola vez. Debajo de él la policía encontró el cadáver de Silvana, con dos tiros en el pecho. Hacía menos de setenta y dos horas que Alaor y yo habíamos contratado a Anísio.

La pareja había salido la tarde anterior rumbo a un centro comercial, y a partir de entonces nadie volvió a verlos con vida. Como Esteban no apareció a la cena familiar de los miércoles, y tampoco lo encontraron en su casa, su papá se preocupó. Me telefoneó ya tarde por la noche, para preguntarme si sabía dónde estaba su hijo. Le dije que no tenía idea y traté de calmarlo. Le dije que no debía ser nada grave. Aproveché que Cecilia ya estaba dormida y llamé al celular de Alaor.

–El licenciado Araujo acaba de hablar conmigo —le dije—. Esteban y Silvana están desaparecidos.

–Ya sé, también me telefoneó. ¿Qué habrá pasado? ¿Crees que sea un secuestro?

Guardé silencio.

–Esperemos que no les haya pasado nada —añadió Alaor.

No pude responder una sola palabra.

–Hagamos esto: el que se entere de algo, llama al otro. No importa la hora, ¿de acuerdo? —y colgó.

Durante mucho tiempo fui incapaz de pararme y me quedé sentado junto a la mesita del teléfono. Sabía que no ganaba nada tratando de dormir, y que no conseguiría cerrar los ojos siquiera. Me estiré en el sofá y pasé horas recorriendo los canales de la televisión, sin detenerme en ninguno. Me bebí dos whiskies. Vi completa la repetición de un juego de futbol del campeonato italiano —aunque no soy capaz de decir cuál fue el resultado final del partido.

No podía dejar de pensar en Esteban y en Silvana. Y en Anísio. Lo único que pude hacer fue seguir ahí y esperar a que sonara el teléfono.

Un poco antes del amanecer, Cecilia despertó y vino a la sala. Aunque me vio en el sofá, fue a la cocina y se sirvió un vaso de agua. Después subió las escaleras y regresó al cuarto. Era normal que pasáramos días sin dirigirnos la palabra. Estábamos cerca de terminar.

A las seis de la mañana me di un baño y fui a la constructora.

Me quedé en mi oficina con la puerta cerrada, sin fuerzas para tocar ninguno de los muchos proyectos que estaban sobre mi escritorio. Hubo un momento en que Marcia entró para traerme café y preguntarme qué debería hacer en relación con el cliente que tenía una reunión con Esteban.

–Cancélala —le dije.

–¿Le sucedió algo al licenciado Esteban?

–No lo sé, Marcia.

Poco después me pasó una llamada del doctor Araujo. Estaba en una delegación, denunciando la desaparición de Esteban y Silvana. Anoté la dirección y salí para allá.

Al doctor Araujo, Alaor y yo le caíamos muy bien. O al menos Esteban decía eso todo el tiempo. Era un hombre atlético, bien conservado para su edad. Cuando me encontró a la salida de la delegación, me abrazó y dejó en mí el perfume de su loción para después de afeitar.

Lo acompañaba Marina. Había heredado algo de la belleza de su madre, aun cuando los trazos delicados que daban altivez a Silvana le conferían al rostro de Marina cierta arrogancia. Tenía dieciocho años, cabellos negros pintados en un tono más obscuro y *piercings* en distintas partes del cuerpo. Siempre pensé que por ser hija única, Esteban y Silvana la habían mimado demasiado.

Marina me saludó de beso en cada mejilla y, mientras la examinaba, no logré concluir qué tipo de sentimiento le provocaba la desaparición de sus padres. Parecía en las nubes. Como siempre.

–¿Qué crees que pudo haber pasado, Iván? —me preguntó el doctor Araujo, en cuanto Marina se alejó a buscar su coche en el estacionamiento.

–No sé. ¿La policía tiene alguna pista?

–Por ahora no —dijo—. Acabo de registrar la denuncia y ahora tenemos que esperar veinticuatro horas para que comiencen a difundir su desaparición. Me explicaron que así es el procedimiento. Parece un secuestro, ¿no crees?

–Puede ser.

–En ese caso, sólo nos queda esperar. Los secuestradores suelen tomarse su tiempo antes de hacer el primer contacto con los familiares de sus víctimas. De esa manera logran que la familia se angustie y las negociaciones y el pago del rescate les sean más fáciles.

Marina se acercó con el auto y se estacionó pegada a la acera.

–¿Puedo ayudar en algo?

–Creo que no, Iván, gracias —el doctor Araujo me puso la mano en el hombro—. Tengo fe de que en breve tendremos noticias de ellos.

Esperé a que el auto arrancara y marqué al celular de Alaor. Quedamos de vernos en un restaurante del barrio de Jardins.

—La policía lo está buscando. El Doctor Araujo acaba de presentar la denuncia —le dije en cuanto me senté a la mesa.

—Ya me enteré.

Alaor ponía mantequilla a una rebanada de pan y aparentaba calma.

—No me gusta esto, van a terminar por descubrirlo todo...

Alaor colocó el pan en el plato frente a él y puso el cuchillo en la mesa. Me vio a los ojos:

—Nadie va a descubrir nada, Iván.

El mesero vino hasta nuestra mesa y anotó nuestros pedidos. Alaor me preguntó si bebería una botella de vino con él. Me negué.

—Si te dejas llevar por el miedo, entonces sí vas a terminar jodiendo todo —me dijo Alaor, tan pronto el mesero se alejó de la mesa—. No puedes dejar que eso ocurra.

—¡Hijo de tu puta madre! ¿Y Silvana? Ella no tenía nada que ver...

Alaor mordisqueó su rebanada de pan.

—¿Qué quieres que te diga? Nuestro trato con Anísio sólo mencionaba a Esteban. Pero le pedimos rapidez, ¿te acuerdas? Ve tú a saber si no le quedó de otra y se vio obligado a agarrarlos cuando estaban juntos.

—Carajo —le dije—. ¿Por qué tenía que matar a Silvana?

—Calma, Iván. Aún no nos consta, vamos a esperar.

—El doctor Araujo cree que se trata de un secuestro...

–Sí, me lo dijo —afirmó Alaor—. Me parece perfecto que piense así.

Todavía era temprano, pocas mesas estaban ocupadas. El pianista tocaba una pieza muy dulce. Alaor comía su pan con apetito.

–No sé cómo consigues mantenerte impasible.

Alaor masticó el bocado de pan durante algunos segundos y se bebió un trago de agua.

–¿De qué tienes miedo?

–¿Cómo que de qué? ¡La policía se va a meter a fondo en este caso!

–Claro que sí —asintió—. ¿Y eso qué? ¿Acaso tú sabes lo que pasó?

–No.

–Entonces, Iván, que investiguen todo lo que les dé la gana. Tú mantén la calma.

–¿Y si meten preso a Anísio?

Alaor suspiró con impaciencia y golpeó tres veces la mesa con el dedo medio.

–¿Por qué se te ocurren esas tonterías? Eso no va a suceder: Norberto me garantizó que Anísio es el mejor.

El mesero trajo las entradas. Ensalada y carpaccio.

–Vamos a cambiar de asunto, Iván: ¿terminaste la revisión de las propuestas que tenemos que mandarle a Rangel?

–Debes estar loco, Alaor: si entramos en ese negocio con Rangel justo ahora es muy probable que alguien desconfíe...

–No seas paranoico, carajo.

–Óyeme, Alaor: ¿y si Esteban comentó algo con su papá sobre los problemas que estaba teniendo con nosotros? ¿Ya lo pensaste? El doctor Araujo no es ningún tonto, podría unir una cosa con la otra.

Alaor se puso serio y mantuvo el tenedor suspendido con un pedazo de carpaccio a medio camino entre la mesa y la boca.

–Ese es un riesgo que deberemos correr —dijo.

Volteé a ver a los dos ejecutivos y a la mujer que se sentaron en la mesa junto a la nuestra. Sonreían relajados, felices de la vida. Y me di cuenta de que a pesar de la temperatura tan fría que provocaba el aire acondicionado, mi camisa estaba empapada de sudor.

–Nos vamos a joder —dije.

Alaor usó su servilleta para limpiarse los labios.

–Si tú haces tu parte no va a pasar nada. Cuando terminemos de comer, regresa a la constructora y termina de trabajar en las propuestas que tenemos que enviar a Brasilia, ¿de acuerdo? Yo entré en todo esto por el negocio con Rangel y no voy a dejar que tú eches a perderlo todo.

Probé mi ensalada. Estaba amarga.

–Y trata de calmarte un poco, carajo. No has dejado de sudar.

A la salida del restaurante, mientras esperaba a que trajeran mi coche, Alaor me arrastró hacia un lado y me mostró su teléfono celular.

–Otra cosa, Iván: cuidado con lo que dices cuando me llamas. Ten cuidado con eso. Esta porquería no es de confianza.

En el trayecto de regreso a la constructora, constaté que mi sudor olía mal.

Eran las tres de la tarde.

Yo todavía lo ignoraba, pero en aquel momento la policía acababa de encontrar los cadáveres de Esteban y Silvana.

CAPÍTULO 6

ALAOR ENTRÓ A MI OFICINA Y CERRÓ LA PUERTA:
—Está ahí un tipo de la policía. Vino a hablar con nosotros.

Una ola de frío subió por mi espalda. Me levanté de la silla como si un resorte se me hubiera clavado. Alaor se recargó en mi escritorio.

—Hasta ahora va todo bien, Iván.

El jueves por la noche, el asesinato de Esteban y Silvana era la noticia más destacada en los noticieros de televisión. Al día siguiente, uno de los periódicos más importantes publicó un editorial indignado contra la falta de seguridad en la ciudad. El equipo de televisión de un programa popular sobre crímenes fue a entrevistarnos a la constructora, pero Alaor y yo nos rehusamos a recibirlos. Alegamos miedo a las represalias. Tuvieron que contentarse con grabar imágenes de la fachada de la empresa.

El lunes siguiente la prensa seguía hablando del caso. El periódico sobre mi escritorio afirmaba que la policía ya tenía un sospechoso bajo la mira. Se lo enseñé a Alaor.

–Son palabras huecas, Iván. ¿Tú crees que si la policía tuviera un sospechoso perdería el tiempo en anunciarlo? Irían, detendrían al sospechoso y listo.

–¿Entonces por qué está ese tipo aquí? ¿Para qué quiere hablar con nosotros?

Alaor dobló el periódico y lo aventó de nuevo al escritorio.

–Están investigando, Iván, es parte de un procedimiento normal. No significa que sospechen de nosotros, carajo.

–No podemos estar seguros...

Alaor, era visible, hacía un gran esfuerzo por controlar su impaciencia.

–Presta atención a lo que te voy a decir: vamos a conversar con el tipo, tranquilos, sin aterrarnos, ¿me entiendes? ¿Crees que puedas hacerlo?

Yo estaba al borde del agotamiento. Había dormido poco en los últimos días y no conseguía pensar correctamente. Me llevaba un susto cada vez que sonaba el teléfono. Pensaba que era la policía para avisar que venía por nosotros.

–Puedo atenderlo yo y explicarle que estás muy ocupado en un proyecto importante —dijo Alaor—. Pero ¿no crees que le parecería muy raro? ¿Qué puede ser más importante que ayudar a esclarecer la muerte de un socio?

–Vamos a hablar con él.

–¿Estás seguro?

Hubo varios momentos durante el velorio en los que creí que no aguantaría. Fue muy difícil recibir abrazos y condolencias de amigos, clientes y desconocidos —hasta el secretario de Seguridad Pública estuvo allí, lo cual prueba el prestigio del doctor Araujo. Fue casi imposible fingir dolor donde sólo había asco. Alaor mantuvo en el rostro todo el tiempo una expresión de quien ha sufrido una gran pérdida. Como un verdadero artista. Poco antes de que se llevaran los ataúdes al mausoleo de la familia Araujo, él hizo una guardia de honor. Yo apenas pude seguir con atención aquel teatro. Alaor permaneció inmóvil, los brazos cruzados y la cabeza baja, durante largos minutos. Me pareció vergonzoso. Pero el show todavía tendría más atracciones: mi socio sacó un pañuelo del bolso de su saco y sólo entonces me di cuenta de las lágrimas que surcaban su rostro. Se acercó hasta donde yo estaba, me abrazó y sollozó, con la cabeza apoyada en mi hombro. En ese momento quise desaparecer. En cuanto logró contener el llanto, Alaor murmuró en mi oído: "Ven, vamos a darle unas palabras de apoyo a nuestra nueva socia". Y me empujó en dirección de Marina.

Repetí que estaba dispuesto a conversar con el policía. Alaor examinó mi rostro durante unos segundos y me preguntó:

—¿Estás seguro? No me vayas a fallar justo ahora.

El agente nos esperaba en la sala de reuniones. Cuando entramos se levantó y se presentó:

—Soy el inspector Junquera, del gabinete del secretario de Seguridad Pública. Estamos llevando a cabo una investigación paralela a la oficial —explicó—. Ya saben cómo es esto: el secretario es amigo personal del doctor Araujo.

Tuve ganas de mirar el rostro de Alaor, pero mantuve mi atención fija en el hombre. Usaba una corbata chillona y un traje de marca. Todavía era joven. El cabello, peinado con gel. Sus uñas lucían una capa brillante en la base. El armazón dorado de sus anteojos oscuros aparecía por fuera del bolso del traje. Un engreído cualquiera.

—¿Ya tienen alguna pista? —preguntó Alaor.

—Todavía no hay nada, estamos trabajando a oscuras —reconoció el inspector Junquera.

Bajo la mesa, sentí cómo el pie de Alaor presionaba el mío.

—Leí en el periódico de hoy que la policía ya tenía un sospechoso —comenté.

—Es mejor no creer todo lo que sale en los periódicos —agregó el inspector—. A veces estamos obligados a encubrir cierta información o a divulgar pistas falsas. Es la única forma de quitarnos a la prensa de encima.

Abrió su portafolios, tomó una libreta y la puso sobre la mesa. Luego sacó una Montblanc del bolsillo de su camisa.

—Necesito confirmar unos cuantos datos. Ojalá pudieran ayudarme. ¿Me permiten?

Alaor abrió los brazos:

—Por supuesto.

Mi socio era la calma en persona.

El delegado Junquera consultó las anotaciones en su libreta, subrayó algo en una de las hojas y me miró.

—La hipótesis más probable es la de latrocinio. Pero también tenemos que pensar en otras posibilidades. He visto casos que considerábamos resueltos dar cada vuelta inesperada...

La alarma de un auto se disparó en la calle, muy cerca de nosotros, y enseguida se detuvo.

—¿Su socio tenía algún enemigo?

Alaor se recostó en la silla y se rascó el cuello. Pensé en Rangel. Nuestras propuestas habían salido para Brasilia el viernes por la mañana, mientras Esteban y Silvana eran velados.

—No que yo sepa —dijo Alaor—. Es difícil, ¿o no, Iván?, imaginar a alguien que haya sido enemigo de Esteban...

Asentí.

—Piénsenlo bien —el inspector alisó la tela de su corbata—. A veces nos hacemos de un enemigo y no nos damos cuenta.

—No en el caso de Esteban —dije—. Lo conozco desde...

—*Lo conocía* —me corrigió el inspector.

Al principio no entendí qué quería decirme. Él me miró y subrayó otra palabra en la libreta. Su letra era pequeñita, era imposible descifrarla desde la posición en la que yo me encontraba.

—Quiero decir que está muerto.

—Ah, cierto... Bueno, yo *conocí* a Esteban desde la facultad. Siempre fue un tipo tranquilo.

—¿No les viene a la mente alguien a quien el difunto le haya negado algo? —continuó el inspector.

Pensé: eso es.

—¿Cómo qué? —preguntó Alaor.

—Ustedes compartían la dirección de una empresa... Un adversario... no lo sé, algún cliente que haya quedado insatisfecho...

—No, no —descartó Alaor—. Nunca tuvimos ese tipo de problema.

—Está bien —el inspector dio la vuelta a la página.

Alaor se volvió hacia mí y levantó las cejas. Fue un movimiento rápido, casi imperceptible.

—¿Tenía deudas o alguien le debía dinero?

—Aquí en la constructora, ni una cosa ni otra —respondió Alaor—. Probablemente en su vida personal, pero creo que incluso eso lo sabríamos, ¿o no, Iván?

—No tenía problemas financieros —me encogí de hombros.

—Eso fue lo mismo que nos dijo el doctor Araujo —el inspector garabateó algo en la libreta—. ¿Saben si apostaba?

—¿Cómo cree? —saltó Alaor—. Esteban no tenía vicios.

No pertenecía ni al Club de Leones, pensé. Esteban era lo que se acostumbra llamar "una buena persona". A todo el mundo le caía bien. Ese pensamiento me resultó muy doloroso en aquel momento.

—¿Y amantes, novias efímeras, alguna aventura con una mujer casada? ¿Era mujeriego?

—No, él no era de ese tipo de personas —dijo Alaor.

Pensé en Mirna. Y en su dragón. ¿Le gustaría a Esteban el tatuaje?

–Los hombres correctos, de ese tipo, muchas veces acaban sorprendiendo a todos —sonrió el inspector—. He conocido sujetos que mantenían dos familias al mismo tiempo y nadie desconfiaba de ellos.

–En el caso de Esteban, lo dudo —confirmó Alaor.

El inspector Junquera revisó sus anotaciones, cerró la libreta y guardó la pluma.

–Sí: asalto seguido de muerte —masculló.

Sentí otra vez el pie de Alaor presionando el mío bajo la mesa. Tuve que hacer un esfuerzo para no voltear a mirarlo.

–Voy a contarles algo: el auto ya fue revisado por los peritos. Por fuera tenía impresiones digitales de unas diez personas diferentes. Pero por dentro estaba totalmente limpio. Los peritos no encontraron impresiones digitales ni siquiera de la propia pareja.

Me pregunté si Anísio habría usado guantes. De ser así, ¿no le incomodarían a la hora de arrancar uñas y agujerear ojos?

–Un ladrón cuidadoso —aventuró Alaor.

El inspector Junquera lo miró:

–No fue un ladrón.

Tragué saliva.

–Fueron dos, por lo menos.

¿Anísio trabajaba con socios? ¿O encomendaba el servicio a terceros, funcionando sólo como intermediario?

–¿Cómo saben eso? —preguntó Alaor.

–Es sencillo —dijo el inspector y volvió a abrir su libreta—. La bala que mató al hombre salió de un revólver treinta y ocho. Las balas que alcanzaron a la mujer fueron disparadas por una pistola nueve milímetros. Todos los tiros fueron a quemarropa.

–Eso no salió en los periódicos —lo interrumpí.

–¿Ahora me cree cuando le digo que no solemos contar todo a la prensa?

¿Quién habría muerto primero? ¿Esteban? ¿Silvana? ¿Anísio les habría revelado quien lo contrató para matarlo?

–Tengo una teoría —el inspector miró sus uñas—: la pareja fue secuestrada y colocada en la cajuela del auto y los bandidos recorrieron la ciudad con ellos allí, sacando dinero de sus cuentas bancarias en los cajeros electrónicos. Existen registros de que se realizaron cuatro retiros entre las diez de la noche del miércoles y las dos de la mañana del jueves.

Imaginé el pavor de Esteban y Silvana apretujados en la cajuela, mientras yo veía, insomne, un juego de futbol. Carajo.

–El único detalle que me llama la atención es que en este tipo de crimen, en general los bandidos liberan a las víctimas después de quitarles el dinero.

Miré a Alaor. Estaba muy serio.

–Tal vez Esteban haya intentado resistirse al asalto —musité.

–Es posible —el inspector guardó la libreta en su portafolios.

–Ve tú a saber si trataron de hacerle algo a Silvana —agregó Alaor.

Sentí un escalofrío en el cuerpo.

–No hubo violencia sexual —dijo el inspector.

Menos mal, pensé.

–Pero se llevaron todo: documentos, relojes, anillos, teléfonos móviles, chequeras, tarjetas de crédito. Hasta el aparato lector de discos compactos del auto... No descarto la posibilidad de que los dos hayan sido ejecutados en un acto de simple crueldad.

Alaor meneó la cabeza:

–Dios mío.

–Usted no tiene idea de cuánto sádico anda suelto por ahí —el inspector se levantó—. Les voy a dejar mi tarjeta. Si por casualidad se acuerdan de cualquier cosa importante, sólo tienen que llamarme.

Alaor y yo también nos levantamos. Mi rostro debe haber demostrado el alivio que sentía, porque Alaor me miró y frunció el ceño. El inspector buscaba algo dentro de su portafolios.

–Ah, lo olvidaba. Esto les puede interesar...

Nos entregó un folleto a colores.

–Es de un amigo mío, que tiene un taller de blindaje de autos. Después de lo que sucedió, tal vez ustedes deseen tomar precauciones adicionales. Es caro, pero hoy en día vale la pena.

Alaor examinó el folleto.

–Vamos a pensarlo.

El inspector Junquera se despidió y yo abrí la puerta para que saliera. Cuando me di la vuelta, vi que Alaor sonreía. Me tomó de los brazos y me sacudió. Estaba eufórico.

–Todo está saliendo bien, Iván, todo está saliendo muy bien.

CAPÍTULO 7

PEDÍ OTRO WHISKY, EL CUARTO DE LA NOCHE. Vicente, el barman, bromeó:

—¿Hoy anda con sed, eh, don Iván?

Tenía razón: estaba bebiendo demasiado rápido. Quería emborracharme, olvidar. No quería pensar.

Estaba en uno de los bancos altos, en el extremo de la barra. Mi bar favorito estaba más lleno que de costumbre y me pareció demasiado ruidoso. Pero era el único lugar donde me sentía protegido.

Fue en una de aquellas mesas, ahora tomadas por hombres y mujeres que gesticulaban y reían en voz alta, que Alaor me había hablado por primera vez de la posibilidad de eliminar a Esteban. Habíamos bebido bastante a medida que analizábamos nuestros problemas en la constructora. No parecía haber solución, Alaor tenía esa voz suave que sólo usa cuando se encuentra borracho al momento de decirme:

—Hay una manera de resolverlo todo. Podemos matarlo.

En ese momento la idea me sonó tan absurda que, sólo por broma, lo invité a hablar más. Sólo para ver hasta dónde llegaba.

–¿Y cómo lo haríamos? ¿Uno de nosotros va y le pega un tiro?

Alaor miró para todos lados antes de acercar su rostro al mío y tomarme del brazo.

–Podemos buscar a alguien que lo haga por nosotros.

–Estás loco, Alaor. ¿Cómo se te ocurre *matar* a Esteban...?

–Es la única manera. Eso o perdemos el negocio con Rangel.

–Mira, voy a hacer de cuenta que no oí la barbaridad que dijiste.

Alaor se exaltó.

–Piénsalo bien, Iván: es nuestra gran oportunidad. Nunca más va a surgir otra igual.

–Prefiero olvidar lo que me acabas de decir.

Pero no se me olvidó. Y la segunda vez que Alaor me expuso la idea, la consideré seriamente. Intentamos convencer a Esteban por todos los medios para que nos permitiera realizar el negocio con Rangel. Pero Esteban se molestó muchísimo y nos dijo que prefería comprarnos la parte que nos correspondía de las acciones. Era todo o nada. Y acepté la propuesta de Alaor.

Vicente me sirvió el cuarto whisky. Me di cuenta de que no conseguía dejar de pensar en lo que Alaor y yo habíamos hecho.

Fue entonces cuando ella pasó al lado de la barra, de camino al baño. Y me miró.

Era joven, alta, pelirroja, de cabellos largos y ojos claros. Me di vuelta en el banco para seguirla con los ojos. Se movía con la gracia de un gato.

Desde que mi matrimonio se arruinó por completo, solía tener aventuras esporádicas con mujeres que conocía en bares, en la calle, incluso en medio del tránsito —una vez me detuve a ayudar a una muchacha a cambiar la llanta de su auto y de eso salió una invitación a cenar. Sin embargo, ninguna de esas aventuras duraba, digamos que por falta de empeño de mi parte. No conseguía enamorarme.

Cuando regresó del baño se fue directamente a una de las mesas, sin mirarme. Estaba con una amiga tan bonita como ella. Me pregunté si una mujer como esas sería capaz de provocar que yo tomase alguna decisión en relación a Cecilia —lo mismo que me repetía cada vez que me lanzaba en pos de una nueva aventura.

Apoyé la espalda en la barra, en un ángulo perfecto para observar su mesa. Ella correspondió a mi mirada, le dijo algo a su amiga y las dos rieron. En otras circunstancias yo me habría arriesgado. Pero aquella noche me sentía muy deprimido. Así que continué bebiendo y comiendo cacahuates. De vez en cuando, miraba a la pelirroja.

Por eso vi cuando dos muchachos que usaban camisetas deportivas de marca, con músculos pronunciados, intentaron abordarlas. Pero ellas los rechazaron de inmediato, y fueron a recargarse en una esquina del bar, con cara de machos heridos. Me pareció divertido.

Hubo un momento en que la amiga se levantó para ir al baño. Ella se quedó en la mesa, jugando con la sombrilla de su bebida, y aproveché para mirarla. Ella me correspondió durante algunos instantes y después bajó la cabeza. Vista desde donde me encontraba, parecía sonreír.

Aunque me hallaba deprimido, pensé que necesitaba actuar de inmediato, antes de que otro hombre en el bar la abordara con mayor éxito, pues vaya que la pelirroja valía la pena. Bajé del banco, tomé mi vaso de la barra y fui hasta su mesa.

Se llamaba Paula, tenía veintidós años, estudiaba ciencias de la computación y trabajaba medio tiempo en una agencia de viajes. Era inteligente, simpática, seductora. Darlene, su amiga, no tardó en darse cuenta de que estaba de más en la mesa y se fue. Tuve que prometer que llevaría a Paula sana y salva a su casa.

Platicamos sobre todo. El cielo y el infierno. De música (ella oía un poco de todo, como la mayoría de las personas; le gustaban el rock y la samba). De libros (estaba releyendo uno de Hermann Hesse). De cine (amaba las comedias románticas, lo cual demostraba que poseía un gusto convencional, otra vez). De la comida (me contó que sabía preparar diversos platillos de la cocina italiana). De religión (ella creía en Dios, en un dios particular, con el que hablaba cuando las cosas no iban bien). Y de viajes (sentía una verdadera fascinación por el noreste del país; si pudiera, dijo, viviría allá, desnuda, en alguna playa). En ningún momento le hablé de Cecilia.

A la hora en que las palabras dejaron de ser necesarias, fuimos a un motel. Y nuestros cuerpos continuaron la charla.

Nunca olvidas la primera vez que miras desnuda a la mujer que deseas.

Paula entró en la suite del motel y se sentó en la cama para quitarse las sandalias. Me quedé parado en el centro del cuarto, mirándola y admirándola. Paula levantó la cabeza y me sonrió con timidez.

Me acosté a su lado y la atraje hacia mí para que también se recostara. Ella colocó su mano sobre la mía. Nos quedamos así un buen rato, sin hacer nada, mirando nuestra imagen en el espejo del techo.

Nuestro deseo no tenía prisa.

—Hay una cosa que no te he contado —le dije de repente—. Estoy casado.

Paula giró el cuerpo y se apoyó en un codo. Había fruncido la frente.

—Es decir, sé que va a parecer un lugar común, pero el nuestro es un matrimonio falli...

—Shhh...

Apoyó su índice en mis labios. Después abrió los botones de mi camisa y me besó el pecho con suavidad. Sentí el perfume dulzón de su champú. Paula se levantó y avisó que entraría al baño.

Cerré los ojos y saboreé aquel momento. El mejor de todos, por cierto. Cuando sabes que algo importante va a pasar y sólo hay que esperar un poco. Algo muy bueno. Algo que yo necesitaba.

Abrí los ojos y levanté la cabeza en el momento en que escuché el ruido de la puerta del baño. Justo a tiempo de ver a Paula surgir del interior. Como un vértigo. Vestida tan sólo con sus aretes.

Por la mañana fuimos a desayunar a una cafetería, y después dejé a Paula frente a un edificio de clase media en el barrio de Aclimación. Eran casi las nueve.

Cuando llegué a la constructora, Alaor conversaba con un cliente en la oficina que había sido de Esteban, y donde él ahora desempeñaba las nuevas funciones que se le habían sumado. Fui a mi oficina y traté de concentrarme en las tareas rutinarias. Estaba relajado, libre de la presión que me aplastaba desde semanas atrás. Tenía horas sin acordarme de Esteban ni de Silvana. Pensé mucho en Paula y en cuánto deseaba hacer bien las cosas. Estaba feliz. A las once, ella me telefoneó. Sólo para decirme que le gustó conocerme. Y agregó que quería verme de nuevo.

El cielo y el infierno. En cuanto Paula colgó, la secretaria me avisó que había un hombre esperándome en la recepción.

—¿Cómo se llama?

—Anísio.

Cuando abrí la puerta, Anísio caminó hacia mí, con la mano extendida. Como si fuéramos viejos amigos.

—¿Todo bien, Iván?

A pesar del calor vestía una chaqueta de mezclilla. Está armado, pensé. Miré a Marcia, pero ella sólo parecía estar interesada en las anotaciones que hacía en un cuaderno frente a ella.

Anísio entró en mi oficina, examinó el ambiente y se detuvo delante de la reproducción de Cartier-Bresson.

—¿Te volviste loco? —le dije en cuanto cerré la puerta—. ¿Quieres jodernos a todos?

Él me miró.

—Está bonito —señaló la escena parisina.

Tomé el interfón y llamé a Alaor.

—Ven de inmediato a mi oficina.

Él trató de argumentar que estaba con un cliente, pero lo interrumpí:

—Es urgente, carajo.

Le señalé una silla a Anísio. Él se sentó y sacó una cajetilla de cigarros y cerillos de la bolsa de la chaqueta.

—¿Puedo fumar?

—¿Por qué mataste a la mujer? Eso nunca te lo pedimos...

Anísio encendió el cigarro, agitó el palito del cerillo y lo arrojó al cenicero con gestos muy suaves.

—Puedes estar tranquilo, Iván, no te voy a cobrar extra por eso.

—No tenías que matar a Silvana...

Alaor entró en la sala y vio a Anísio. Se puso pálido.

—Hola, Alaor. ¿Cómo te va?

—Puta madre. ¿Qué estás haciendo aquí?

—Sólo vine para saber qué tal les va ahora.

Alaor se sentó junto a Anísio. Aún no recuperaba el color.

—Oye, Anísio: todavía no tenemos la lana para pagarte.

Anísio golpeó el cigarro para que cayera la ceniza y colocó un llavero sobre la mesa. En ese momento no entendí aquello.

—No vine a cobrar. Sólo pasé para saber si están satisfechos.

Alaor suspiró con impaciencia. Del interior de su chaqueta, Anísio sacó un pañuelo arrugado y lo colocó en la mesa, junto al llavero.

—Yo nunca dejo a un cliente insatisfecho.

Cuando abrió el pañuelo, pude ver los documentos, joyas y tarjetas de crédito de Esteban y Silvana. Alaor saltó de la silla y se echó hacia atrás, horrorizado.

—Con un carajo, Anísio, desaparece con eso.

Anísio tomó un anillo, lo levantó y lo examinó con atención.

—Algunos clientes insisten en que compruebe que he sido yo quien se ha hecho cargo.

—Guarda esa mierda —le dije—. ¿Y si alguien te agarra con esas cosas? Es la prueba del crimen.

—No sé por qué estás tan nervioso —dijo Anísio, mientras recogía el pañuelo y el llavero—. La policía cree que fue un asalto. ¿No lees los periódicos? Dentro de poco agarrarán a cualquier miserable, lo torturarán y terminará por reconocer que él fue el asesino. Así solucionan estas cosas, ya lo verán.

Alaor se recargó en la mesa y respiró profundamente antes de hablar.

—Vamos a hacer lo siguiente: mañana sin falta conseguimos el resto del dinero para pagarte.

Anísio apagó el cigarro en el cenicero. Sonrió.

–Ustedes dos son los que tienen prisa. Pero me parece bien. Mañana pasaré por aquí.

Alaor movió la cabeza.

–No, Anísio. Nosotros te llevaremos el dinero.

Anísio se levantó y se subió la cintura del pantalón. Miró a Alaor y después a mí.

–¿No confían en mí?

Alaor fingió relajarse, pero su nerviosismo era visible. Agarró del brazo a nuestro visitante y le dedicó una sonrisa forzada.

–No es eso. Es que si te empiezas a aparecer aquí en la constructora, alguien puede desconfiar.

–¿Desconfiar de qué?

–Comprende, Anísio —le dije—. Es preferible que tomemos precauciones, ¿o no? Tú eres un extraño aquí en la empresa y...

Anísio me interrumpió.

–Soy su amigo. Nunca he perjudicado a uno solo de mis amigos.

–Está bien, está bien —Alaor consultó su reloj—. Sólo que llegas cuando me encuentro en medio de una reunión importante... Mañana nos veremos en el bar, llevaremos el dinero y estaremos más a gusto, ¿qué tal?

–Prefiero pasar por aquí.

Al decir esto, Anísio clavó la mirada en los ojos de Alaor.

Nos quedamos en silencio durante algunos segundos. Hasta que Alaor abrió los brazos, rendido:

–Está bien.

Anísio caminó hasta el centro de la sala de juntas y se volteó para evaluar el ambiente. Alaor y yo cruzamos miradas. Anísio hizo a un lado la persiana y miró a la calle. Como no agregamos nada, se despidió y se fue.

—Qué hijo de puta tan loco, Dios mío —estallé.

Alaor estaba muy serio.

—Tenemos que conseguir su dinero para mañana.

—¿Cómo lo vamos a hacer?

—No lo sé, Iván. Vendo los carros, pido un préstamo, lo tomo de la empresa. Yo veré cómo lo hago. Necesitamos librarnos de ese loco cuanto antes.

—Anísio es un sicópata, Alaor. ¿Viste su calma? Y lo peor es que anda por ahí con ese montón de pruebas en la bolsa.

Alaor se pasó la mano por el rostro. Aún estaba perturbado. Pero dijo:

—Mañana nos libraremos de él.

CAPÍTULO 8

ME DESPERTÓ UN PERRO QUE NO DEJABA DE LA-
drar. Me había quedado dormido en el sofá de un chalet en la playa, donde Paula y yo pasábamos un fin de
semana largo, en el litoral norte. Era domingo, al atardecer; llevábamos tres días allá. El viernes ni siquiera
me aparecí por la constructora.

Me levanté del sofá y me estiré. Escuché voces de
niños y un cometa amarillo surgió por la ventana, la
cual enmarcaba un cielo límpido. Recogí el periódico
que se hallaba tirado en el piso y lo coloqué sobre la
mesa.

Paula dormía sobre una hamaca en el área de entrada del chalet. Vestía un biquini rojo y su sombrero
de palma se había caído junto a la hamaca.

Al contrario de Cecilia, que tenía un sueño tenso
y agitado, como si presintiera alguna amenaza inmi-
nente, Paula dormía siempre de un modo sereno y relajado, en paz con el mundo. Era una bella mujer. El
pezón de uno de sus senos sobresalía bajo la tela roja
del bikini. No resistí y lo toqué. Ella abrió los ojos en el
acto. Y sonrió.

—¿Qué hora es?

—No sé, creo que como las cinco —le dije—. Hace tres días que eso no me preocupa.

Paula se bajó de la hamaca y me abrazó. Su cuerpo estaba más caliente que el mío. Adoraba su olor.

—Tendremos que irnos dentro de poco —dijo—. Qué pena, aquí estamos tan bien.

Yo le había explicado mi situación con Cecilia. Paula me dijo que, en principio, aquello no le molestaba, sólo que no quería ser la causa de nuestra ruptura.

—Vamos a quedarnos un día más...

Ella me apretó y mordisqueó el lóbulo de mi oreja.

—Es muy tentador. Pero ¿no tienes que trabajar mañana?

—Así es —le dije.

Esa era la peor parte. No me gustaba la idea de volver a la constructora, por varios motivos. El principal era Anísio.

Alaor consiguió con grandes dificultades el dinero para pagarle. Incluso vendió uno de sus autos. Yo participé con los dólares que tenía ahorrados. Y el resto del dinero vino de un prestamista.

Alaor le entregó a Anísio el dinero dentro de una carpeta. Anísio palpó el contenido y sopesó el paquete, pero no lo abrió para contarlo. Estábamos en la sala de reuniones y él traía puesta de nuevo su chaqueta de mezclilla. Alaor le preguntó:

—¿No vas a contarlo?

—Confío en ustedes.

Anísio sacó un paquete de dinero y se lo guardó en un bolsillo. Entonces hizo algo inesperado: deslizó la carpeta sobre la mesa, en mi dirección.

—Confío tanto que quiero pedirles un favor.

Alaor volteó a verme y soltó una risita nerviosa.

—Si me lo llevo, lo gastaría en tonterías. ¿Pueden guardármelo?

Aquello nos dejó desconcertados.

—Oye, Anísio —dijo Alaor—, no sé que estás pensando, pero...

Empujé la carpeta de nuevo hacia él.

—Te contratamos para un trabajo, tú lo hiciste y ahora te estamos pagando. Punto final. Lo que hagas con ese dinero no es nuestro problema.

Anísio usó la uña del dedo meñique para raspar una imperfección en el cuero de la carpeta.

—Estoy pidiendo un favor.

—No compliques las cosas, Anísio, por favor, toma el dinero —insistió Alaor. Era evidente que trataba de contener una enorme irritación.

—Ponlo en un banco —le sugerí firmemente.

Anísio clavó sus ojos verdes en mí. Después en Alaor. Echaban chispas.

—Ustedes no quieren mi amistad, ¿eh?

—No hemos dicho eso...

—Ya entendí: se quieren librar de mí.

La mano de Anísio desapareció en el interior de su chaqueta. Alaor y yo nos movimos al mismo tiempo en nuestras sillas. Él nos espió con curiosidad. Sacó la cajetilla de cigarros de la bolsa de su camisa, encendió uno. Y dijo sin vernos:

—Quizá necesiten mi ayuda en el futuro.

Sentí una punzada en el estómago. Alaor se cruzó de brazos:

—No nos entendiste, Anísio. Mira: tuvimos un problema aquí en la empresa, ahora ya lo resolvimos. ¿Por qué íbamos a necesitarte de nuevo?

Anísio le dio una fumada a su cigarro y sacó ráfagas de humo:

—Puedo cuidar de su seguridad.

Mi madre era la única persona que he conocido capaz de decir disparates con tanta naturalidad. Pero ella estaba enferma, senil. En cambio Anísio estaba sano y hablaba en serio.

—Después de lo que le pasó a su socio, ¿no sería bueno que tuvieran un guardia de seguridad?

Iba a replicar, pero Alaor me lo impidió con un ligero apretón en mi brazo.

—¿Qué es lo que quieres, Anísio? ¿Más dinero?

Los rasgos de Anísio se endurecieron. Miré a Alaor.

—Nos quiere chantajear, ¿es eso?

Anísio levantó el rostro. Su mirada era de piedra.

—Tú no me conoces. No hago ese tipo de cosas.

—Pues eso es lo que parece —dije.

—Les estoy ofreciendo protección porque los dos me cayeron bien. ¿Están rechazando mi ayuda?

—Tranquilo, Anísio —dijo Alaor—. ¿A dónde quieres llegar?

—A ningún lado —Anísio tiró la ceniza de su cigarro—. Me ofrezco para trabajar aquí, en su empresa, para encargarme de la seguridad, sin estorbarle a nadie. Y si necesitan cualquier cosa, basta con pedirla.

–¿Ah, sí? ¿Y qué le diríamos a los otros empleados? —preguntó Alaor—. ¿Que eres nuestro guardaespaldas?

Anísio se rio.

–¿Sabes qué creo? Que tú e Iván todavía no se han dado cuenta de que ahora son los dueños de todo esto aquí. ¿Desde cuándo el dueño necesita darle explicaciones a sus empleados? El dueño puede hacer lo que le dé la gana, Alaor.

–Nos vas a enviar a la cárcel —dije.

–Tú no confías en mí, ¿no es cierto, Iván? Entiende que soy tu amigo, carajo.

–No quiero ser tu amigo —exploté.

–Ey, ey, tranquilo, Iván —Alaor levantó la mano y me interrumpió.

Anísio me miraba a los ojos, sin pestañear. Como una fiera, un segundo antes del ataque.

–Contrataremos a Anísio —dijo Alaor—. Puede ser útil aquí en la constructora.

Anísio me miró con una expresión victoriosa.

–Es una locura.

–Tranquilo —Alaor presionó mi brazo—. Tómalo con calma.

–Empezaré mañana, hoy tengo algunos asuntos que resolver. No se arrepentirán, haré un buen trabajo —Anísio se levantó y señaló la carpeta de cuero—. Trabajando aquí también protejo lo mío, ¿no creen?

Tuve que despedirme de él e incluso apretar aquella mano enorme antes de que se fuera. Alaor parecía contento, y hasta se despidió de Anísio con un abrazo. Yo me quedé sentado junto a la mesa, mirando la carpeta.

—¿Por qué aceptaste esto, Alaor? Anísio nos va a joder.

—¿Qué querías que hiciera? Ahora no podemos meternos en más problemas.

—Me parece que nos metimos en uno muy grande.

—Tranquilo, Iván, voy a hablar con Norberto para ver qué opina de todo esto.

—Avísame si te recomienda otro sicópata para hacer un nuevo trabajito...

—No seas tonto, Iván. ¿Qué no viste la expresión de Anísio?

—El tipo está loco...

—De loco no tiene nada. Anísio debe de haber tomado sus precauciones antes de venir a hablar con nosotros. ¿Quién te dice que no dejó las pruebas con alguien, como una especie de seguro de vida?

—Perfecto. Ahora hay más gente que conoce nuestro secreto. Genial.

—Otro riesgo que debemos correr. Pero mientras tanto no veo motivo para preocuparnos. Vamos a tolerarlo aquí un tiempo hasta descubrir qué pretende. Entonces tomaremos las medidas necesarias.

—¿Por qué me metí en esto, Dios mío?

Alaor se levantó, agarró la carpeta con el dinero y me dio una palmadita en el hombro.

—Tranquilo, Iván. Todo va a salir bien.

A la mañana siguiente, cuando llegué a la constructora, Anísio ya estaba ahí. Se había sentado en uno de los sofás de la recepción y platicaba animadamente con nuestra secretaria. Al verme, Marcia se contuvo cuando estaba a punto de reírse. Anísio me saludó y me pregunto si todo estaba bien. Masculló una frase sin sentido y me metí a mi oficina. Antes de entrar, alcancé a oír que le preguntaba a Marcia si había notado cómo ciertas personas se despiertan de mal humor.

No pude hacer nada práctico. El día entero me sentí oprimido por la presencia de Anísio en nuestra empresa. De vez en cuando oía sus risotadas en la recepción. El hijo de puta estaba de lo más a gusto.

Alaor pasó el día fuera de la constructora, supervisando las obras. Al atardecer, lo llamé.

—El tipo sigue aquí.

—Ya lo sé —dijo Alaor—. Esta mañana llamé a Marcia para avisarle que un guardia iba a comenzar a trabajar hoy con nosotros.

—¿Hablaste con Norberto?

Alaor no respondió. Pensé que la llamada se había cortado.

—Hola. ¿Alaor?

—Aquí estoy, Iván. ¿Se te olvidó lo que te dije sobre hablar por el celular?

—Vete al diablo. ¿Hablaste o no con él?

—Sí, Iván, sí.

–¿Y?

–Norberto cree que no tenemos de qué preocuparnos, al menos por el momento. Así que vamos a esperar a ver qué pretende nuestro amigo.

–Vamos a terminar en la cárcel por su culpa.

–De ningún modo, Iván. También él tiene de qué preocuparse, no se va a meter en problemas.

–Es decir: nos vamos a cruzar de brazos y soportar a Anísio dentro de la constructora. Una solución muy agradable.

–¿Tienes una mejor sugerencia?

Pensé en mandarlo a la mierda. Pero contesté:

–¿Hasta cuándo tendremos que tolerarlo, Alaor?

–No lo sé. Ponte a trabajar y olvídate de Anísio.

Era como pedirle a un enfermo que olvidara la presencia de un tumor. Como si fuera sencillo, como si bastase con dejar de pensar en el asunto y listo.

Entonces escuché otra vez la risa de Anísio que venía de la recepción.

Llamé a Paula a su celular:

–¿Quieres ir mañana a la playa?

–¿Cómo? Mañana apenas es viernes, Iván.

–Ya lo sé. Es que estoy harto del trabajo. ¿Vamos?

CAPÍTULO 9

EL MIEDO NO ME DEJABA EN PAZ.
Desembarqué en el aeropuerto de Congoñas. Venía de Brasilia, donde había pasado dos días discutiendo con Rangel los detalles técnicos de los contratos que íbamos a firmar. El resultado del concurso aún no había sido anunciado, pero Rangel nos garantizaba que lo teníamos en la bolsa.

–Es nuestro, Iván —me aseguró—. En breve, la placa con sus nombres estará en un montón de obras por todas partes.

La placa de Araujo & Asociados, pensé, la que aún conserva el nombre de Esteban, *in memoriam*, tal como quería Alaor.

Rangel se enteró por televisión de las muertes de Esteban y Silvana. En ningún momento sospechó de nosotros. Nunca supo que Esteban se oponía a nuestros negocios. Cuando hablamos del asunto, Rangel preguntó:

–¿Silvana todavía estaba bonita?

–Sí.

Se quedó pensativo por algunos segundos. Luego meneó la cabeza.

—Fue una mujer maravillosa —suspiró—. Una princesa.

Y el gordo Rangel reverenció la memoria de la muerta mientras se pasaba la lengua por los labios.

—Dime una cosa, Iván: ¿Silvana era feliz con Esteban?

—Yo creo que sí. Tuvieron una hija, Marina.

—Sí, lo leí en el periódico —dijo Rangel—. ¿Es tan bonita como Silvana?

Asentí:

—Marina se parece mucho a su mamá.

Rangel sonrió.

—Y ahora es socia de ustedes, ¿no? Tan jovencita.

Asentí. Rangel me dio una palmada en el hombro, sin dejar de sonreír.

—Me gustaría conocer a esa joven en algún momento. Al fin y al cabo la voy a cubrir de billetes.

—Ella ya nació rica, Rangel.

—Ya lo sé, pero ahora tendrá mucho más.

Mientras esperaba mi maleta en la banda giratoria del aeropuerto, llamé a Paula. Pero me respondió la contestadora automática de su teléfono móvil. Le dejé un recado amoroso y una invitación a comer. Estaba ansioso por verla.

Fue en ese momento cuando uno de los pasajeros que esperaban del lado opuesto llamó mi atención. Tuve la impresión de que desvió la mirada cuando lo descubrí.

Vestía un traje oscuro, de buen corte, y una corbata de color chillante. Era el inspector Junquera.

Seguí observándolo, pero él no miró más en mi dirección. Ni siquiera cuando pasó a mi lado, empujando su carrito con las maletas, rumbo a la puerta de salida. Recogí mi maleta y salí tras él.

Lo vi abordar un auto oficial que lo esperaba en el área de los taxis. Permanecí de pie en la puerta del aeropuerto mientras recuperaba el aliento. En el taxi, camino a la constructora, mi corazón se quería salir por la garganta.

Alaor se puso como loco cuando le conté mis temores:

—¿De dónde sacas que el tipo te está siguiendo, Iván? Te estás volviendo loco.

—¿No te parece una gran coincidencia? —lo interrumpí—. Me estaba observando y disimuló cuando me di cuenta.

Nos encontrábamos en la sala de reuniones, sentados uno frente al otro. Alaor se puso de pie, rodeó la mesa y se sentó a mi lado. Me dijo con el rostro casi pegado al mío:

—Deja de ser paranoico, carajo. Piensa un poco, Iván: si ese tipo realmente te estuviera siguiendo, ¿tú crees que se hubiera exhibido de ese modo? No seas tonto.

Algunas gotas de saliva de Alaor salpicaron mi rostro.

—Quisiera estar seguro —insistí—. ¿Y si me siguió durante mis juntas en Brasilia? ¿Sabes lo que podría ocurrir?

Alaor se cubrió el rostro con las manos y gimió de impaciencia.

–Carajo, Iván, ¿no te das cuenta de que nuestras vidas volvieron a la normalidad? Ese caso está cerrado.

El interfón sonó sobre la mesa. Alaor respondió, escuchó lo que Marcia le decía y se levantó.

–Acaba de llegar Marina con su abuelo para asumir su lugar en la empresa. Después vamos a almorzar con ellos.

Se me había olvidado aquel compromiso y eso me irritó: no podría comer con Paula. Consulté el reloj: eran las once de la mañana.

–Ahora trata de controlar tus nervios o vas a echar todo a perder —dijo Alaor.

Y abrió la puerta para que entraran Marina y el doctor Araujo.

Al principio, Marina oyó con atención las explicaciones de Alaor sobre el funcionamiento básico de la constructora. Pero luego perdió todo interés y se recostó en la silla con una gran expresión de tedio en el rostro. Su falta de expresiones nos decía a gritos que su mente se paseaba lejos de la sala de reuniones.

La vimos roerse las uñas, ajustarse el piercing de la ceja, bostezar. Aunque Esteban evitaba hablar sobre ello, sabíamos que nuestra nueva socia en la empresa se había visto obligada a pasar una temporada en una clínica de desintoxicación cuando apenas tenía dieciséis años. Alaor y yo creíamos que no había superado su adicción a las drogas.

Alaor le explicó nuestra situación financiera y abrió el fólder de los balances para que el doctor Araujo lo examinara. Dijo que la empresa pasaba por un periodo tranquilo y clasificó como "buenas" las perspectivas de los proyectos que se encontraban en marcha. En ese momento, me miró. Se veía tan seguro de sí mismo que admiré su frialdad.

—Si usted lo desea, podemos hacer una auditoría en la constructora, para que todo le quede más claro —propuso Alaor—. ¿Qué opina?

El doctor Araujo cerró el fólder.

—No es necesario, Alaor. Sé que está todo en orden. A menos que Marina lo requiera.

Al oír su nombre, Marina volvió a prestar atención.

—No entiendo nada de lo que están platicando ni quiero entender —se encogió de hombros.

—Ahora tú eres la socia mayoritaria de esta empresa —le dije—. Sería bueno que te enteraras de las cosas que hacemos aquí.

Marina se rio.

—Ese tipo de puyas no funcionan conmigo, Iván. Prefiero que mi abuelo resuelva todo en mi nombre.

El doctor Araujo iba a replicar algo, pero Marina se levantó y avisó que saldría a fumar un cigarro.

—Puedes fumar aquí adentro —ofreció Alaor—. Ahora tú eres la dueña.

—Gracias, Alaor, pero prefiero fumar allá afuera. Pueden arreglarlo todo con mi abuelo.

Salió de la oficina y cerró la puerta a sus espaldas. El doctor Araujo apenas pudo disimular su decepción.

—Esa niña me preocupa. Me gustaría que hiciera un viaje o que pasara un tiempo fuera para olvidar esta pesadilla. Pero ella no quiere, es muy terca.

Entonces nos contó que no conseguía convencerla de que se mudara con ellos. Marina insistió en vivir sola en la casa de sus papás, una inmensa mansión de dos pisos, en el barrio de Morumbí.

—A su edad no es bueno que se encierre en ese caserón lleno de recuerdos.

Nos concentramos en revisar la situación de la constructora. El doctor Araujo oyó mis explicaciones y las de Alaor sin hacer un solo comentario. Cuando la reunión terminó, parecía muy satisfecho. Era evidente que confiaba en nosotros. Nada había cambiado: Alaor y yo le caíamos muy bien, como solía decir Esteban.

Esta certeza hizo que, por primera vez en semanas, me sintiera relajado sin necesidad de tener a Paula cerca. Sólo me distendía cuando estaba con ella. El resto del tiempo me la pasaba desalentado, aturdido. Una atmósfera irreal me rodeaba. Sentía que estaba perdiendo el control sobre las cosas. Que me iba a volver loco.

La sensación de relajamiento, sin embargo, duró muy poco. Sólo hasta el momento en que el doctor Araujo, bastante emocionado, por cierto, me abrazó y me dio unas palmadas vigorosas en la espalda. Entonces, por encima de su hombro, miré hacia el ventanal de la sala de reuniones y vi a Anísio platicando con Marina en el estacionamiento de la constructora.

Ambos fumaban. Marina se reía de algo que él le contaba. Anísio la agarraba del brazo con demasiada confianza mientras hablaba, como si hubiera entre ellos cierta intimidad. ¿Qué haría esa muchachita si supiera quién era el sujeto con el que estaba platicando?

Fuimos a un restaurante cerca de la constructora. Alaor fue el único que comió con apetito. Marina apenas tocó su plato.

Mientras platicábamos, eché un vistazo con discreción a los demás clientes del restaurante. La mayoría vestía traje y corbata. Eran ejecutivos u hombres de negocios. Ninguno tenía aspecto de policía.

Tomábamos un café cuando el doctor Araujo le dijo a Marina que podía estar tranquila: la constructora estaba en buenas manos.

—Esteban quería mucho a estos dos —tomó las manos de su nieta—. Una vez tu papá me confesó que para él eran como dos hermanos que había encontrado en el mundo.

Marina me miró y se esforzó en sonreír. Estaba loca por irse.

Los ojos de Alaor se llenaron de lágrimas. Qué cabrón, pensé, debería trabajar en la televisión.

Cuando regresamos a la constructora le dije:

—Voy a llamar a un técnico para que revise si tenemos intervenidos los teléfonos.

Alaor me jaló del brazo. Echaba fuego por los ojos.

—Basta, Iván. Ya me tienes harto.

—¿Y si aquel inspector está escuchando nuestros teléfonos?

Alaor me dio un empujón.

–Qué paranoia del carajo la tuya.

–Podría estar escuchando nuestras conversaciones.

Alaor se cruzó de brazos y su expresión se nubló.

–Necesitas vacaciones, Iván, estás mal de la cabeza. El caso ya está archivado. Se acabó. La familia de Esteban está satisfecha, su hija es nuestra socia. Nuestro plan funcionó, métete eso en la cabeza de una vez por todas.

–¿Y Anísio?

Alaor no pudo evitar una risa siniestra.

–Anísio no es más que un cabo suelto. Lo resolveremos más adelante.

–¿Ah, sí? ¿Cómo? ¿Matándolo?

Alaor me puso las manos sobre los hombros. De repente parecía eufórico.

–Olvídate de Anísio por lo pronto, Iván. Sigue con tu vida —me dio una palmadita en el rostro—. Vamos a hacer lo siguiente: voy a hablar con Norberto, que debe tener algún contacto en la Secretaría de Seguridad, y vamos a verificar lo que tanto te preocupa: yo estoy seguro de que la investigación ya se cerró.

No me moví.

–Puedes llamar a quien quieras para revisar los teléfonos. Si eso te deja más tranquilo, perfecto. Pero después no quiero volver a hablar del asunto, Iván. Nuestro plan funcionó.

Los ojos de Alaor brillaban. En aquel instante casi me convenció. Durante dos días yo *casi* creí que las cosas saldrían bien. Pero en la mañana del tercer día, al llegar a la constructora, descubrí que no existe ninguna mala situación que no pueda empeorar.

Llegué con retraso, pues había pasado la noche con Paula en un motel. Acababa de estacionarme cuando vi enfrente de la constructora un auto del que bajaba uno de nuestros empleados. Sus cabellos y los de la muchacha que lo acompañaba, quien conducía el auto, estaban húmedos. Como si los dos también acabaran de salir de un motel. Se besaron. Él entró en la constructora sin verme. Ella arrancó y se fue. Eran Anísio y Marina.

CAPÍTULO 10

DECIDÍ VISITAR A MI MADRE. TENÍA SEMANAS DE no verla.

Vivía en casa de mi hermana, en Cambucí. Hacía semanas que no la visitaba, pero a ella no parecía importarle. Mi madre se había rendido a la vejez antes de tiempo, transformándose en una anciana silenciosa y discreta. Vivía en un mundo aparte, esperando su hora. Pasaba los días sentada en un sofá de la sala, frente a la televisión. Cuando la visitaba, tenía que obligarla a conversar. Cuando no lo conseguía nos quedábamos en silencio, viendo la televisión.

Jalé una silla y me senté junto al sofá donde ella se encontraba. Entonces miró mi rostro. Y me besó.

−¿Cecilia está bien?

Me llamó la atención su pregunta, por dos motivos: era la primera vez en mucho tiempo que mi madre tomaba la iniciativa para conversar, y ella y Cecilia se detestaban, no se hablaban hacía años. Nunca preguntaban la una por la otra.

−Ella está bien —contesté.

Lo cual no era verdad: Cecilia prácticamente se había mudado al cuarto de visitas, y pasaba días sin verla. Sabía que ella estaba en casa porque a veces, desde la sala, oía su tos en el cuarto. Nuestro matrimonio vivía tiempos extra.

—Te ves muy cansado, Iván.

—Tengo problemas, mamá.

—¿De dinero?

Miré sus ojos vidriosos, color castaño despintado. Le mentí de nuevo.

—Sí, se trata de dinero.

Mi mamá me miró con una expresión bondadosa por un momento. Después volvió a la televisión y se concentró en la receta de cocina que una mujer rubia exponía. Cuando creí que volvería a su mutismo, agregó:

—Eres igual a tu padre.

Mi padre. Nunca supe qué fue lo que lo empujó al suicidio. Era un hombre callado e introspectivo, que trabajaba en el Banco de Brasil. Cuando murió no tenía deudas ni amantes ni enfermedades incurables, hasta donde pude averiguar. Tampoco le gustaban el juego ni la bebida. Sólo dejó una nota en la que pedía perdón a su mujer y decía amar a sus hijos.

Cuando llegué a la edad adulta consideré por un tiempo la posibilidad de exhumarlo para buscar pistas sobre lo ocurrido. Incluso hablé con mi hermana sobre el asunto, pero ella se opuso, así que abandoné la idea. Era un hombre común con un tatuaje secreto en el hombro izquierdo.

–¿Por qué se mató mi papá, mamá?

Ella escuchó mi pregunta, pero no retiró los ojos de la televisión. Permaneció en silencio.

–¿Qué le pasó, mamá?

En su regazo, una de sus manos sufrió un breve espasmo. No fue la única reacción visible: a pesar de que sus ojos continuaban fijos en la televisión, su expresión se contrajo. Expresaba dolor.

–Tu padre era un hombre débil, Iván.

No agregó nada más, y yo sabía que no ganaría nada insistiendo. Yo era igual a mi padre. Débil. Y estaba aterrado.

En la tarde de ese mismo día, Anísio entró a mi oficina acompañado de un mulato barrigón.

–Este es Claudio, mi compadre —me dijo—. Soy el padrino de su hija.

Me contó su situación: el hombre estaba desempleado, y puesto que no encontraba trabajo planeaba abrir un bar en el barrio marginal en que vivía. Para eso necesitaba de un préstamo.

–Yo le dije que tenía unos amigos que podían ayudarlo —agregó Anísio.

Los dos se sentaron frente a mi escritorio. Tomé el interfón y le pedí a Alaor que viniera a mi oficina. Mientras esperábamos, Anísio habló del hombre como si éste no se encontrara allí.

–Claudio está en una etapa difícil, pero es buena gente. Yo lo conozco, puedes estar tranquilo, Iván: en cuanto las cosas mejoren, él les pagará el préstamo. Yo respondo por él.

El mulato me dedicó una mirada de complicidad, como si supiera qué me vinculaba con Anísio.

Alaor entró a mi despacho, apretó con disgusto la mano de Claudio y escuchó la historia de pie. La vena que sobresalía en su cuello daba una idea del esfuerzo que hacía para contenerse.

—Anísio piensa que esta empresa es un banco —me quejé.

Anísio se puso de pie.

—Iván no entiende, Alaor. Lo que estoy pidiendo es un préstamo. Mi compadre va a devolver el dinero.

—La cosa no es tan fácil —argumentó Alaor—. Esta empresa tiene una contabilidad que debe respetar...

—Ya lo sé, Alaor. Pero cuando la gente quiere, siempre hay un modo, ¿o no?

—No podemos, Anísio. Perdona, pero esta vez no podemos —añadí.

Anísio se pasó la mano por sus cabellos crespos. El mulato permanecía sentado, mirando hacia el piso. Parecía avergonzado por la situación.

—¿Y la caja chica? —preguntó Anísio—. ¿O van a decirme que no tienen caja chica?

—No tenemos caja chica. Aquí, todo pasa por el departamento de contabilidad —insistí.

Anísio sonrió. Tomó un cigarro y le ofreció la cajetilla al mulato.

—¿Ya vio qué ingrato es el mundo, compadre? Y yo que pensaba que estos dos eran mis amigos...

–No es eso, Anísio —intervino Alaor.

–¿Cómo que no?

De repente, el tono de voz de Anísio se había vuelto hostil. Y era a mí a quien miraba.

–Mi compadre vino desde muy lejos, creyendo que iba a resolver su problema, y ¿qué sucede? Ustedes lo hacen pasar vergüenzas por una cantidad miserable.

Anísio vestía una camisa holgada, que le cubría la parte superior del pantalón. Percibí que iba armado. No obstante, lo que más me perturbó en ese momento fue que reconocí la camisa. No era gratuito que se viera tan holgada en el cuerpo de Anísio.

–Ustedes están ganando mucho dinero gracias a mí —dijo sin quitarme los ojos de encima.

Alaor trató de apaciguarlo:

–A ver, ¿cuánto necesitas?

Anísio mencionó una cantidad considerable. Alaor me ordenó hacer el cheque y dijo que después conseguiría una nota fiscal que comprobara aquel gasto. Yo no quedé satisfecho:

–¿Por qué no usamos el dinero de Anísio, el que le estamos guardando?

La expresión de Anísio se volvió amenazadora. Lo vi cerrar las manos y comprendí que estaba a punto de saltarme al cuello. Alaor se dio cuenta y se acercó a la mesa:

–Vamos a acabar de una vez con esto, Iván: llena rápido esa mierda de cheque.

Saqué la chequera del cajón, corté una hoja, la firmé y la empujé en dirección a Alaor, para que él la llenara y la firmara. Anísio siguió con satisfacción enorme sus movimientos y me dedicó una mirada triunfante. Tomó el cheque y se lo entregó al mulato. Éste abrazó a Alaor y le dio las gracias.

—No te preocupes, Claudio te va a pagar hasta el último centavo. Es un hombre de palabra.

Esperé a que Anísio y su compadre salieran de mi oficina. Entonces le reclamé a mi socio:

—Felicidades. Ahora, cada semana Anísio vendrá a sacarnos dinero. Nos volvimos una empresa filantrópica.

Alaor se sentó en la silla que Anísio había ocupado hacía un instante.

—Entrar en conflicto con él no va a resolver nada —opinó.

—Estamos jodidos.

—Tranquilo, Iván. Anísio sólo quería provocarte. No debes caer en su juego.

Anoté la cantidad que sumaba el "préstamo" en el talón y guardé la chequera. Alaor apoyó los codos en la mesa, abatido.

—Anísio se está cogiendo a Marina —le dije.

Alaor no se movió. Tan sólo su piel cambió de color. Se puso ceniza.

—¿Cómo crees, Iván? ¿Te volviste loco?

—Los vi juntos hoy por la mañana. Como cualquier pareja de novios.

Alaor frunció los labios.

—¿No te fijaste qué camisa usaba Anísio? Tú la conoces. Era de Esteban, estoy seguro.

Alaor empujó el cenicero hacia una esquina de mi escritorio. Entonces me miró de una forma extraña. Y se rio.

—¿Sabes que eso nos puede ser útil?

—Ahora, estamos en sus garras por completo.

—Piensa un poco, Iván. ¿Te imaginas si alguien le cuenta a Marina quién es Anísio? Esa es nuestra arma contra él...

—Anísio no es ningún tonto. Sabe que ninguno de nosotros tiene los huevos para denunciarlo. Iríamos todos a la cárcel.

Alaor se levantó y me apuntó con el índice:

—No sé qué harás tú, Iván, pero yo no dejaré que ese tipo se entrometa en mi vida.

Luego que Alaor salió de mi oficina, traté de concentrarme en el trabajo, pero fue imposible. Me sentía cada vez más angustiado.

CAPÍTULO 11

El ruido de los camiones y los automóviles que circulaban por la Marginal Tieté entró por la ventana del baño con la claridad de la mañana. Mientras orinaba examiné el cielo cenizo de otro día contaminado en la ciudad.

Regresé a la cama, hice a un lado las cobijas y ceñí el cuerpo de Paula. Acaricié sus cabellos y, en el momento de besar sus hombros, despertó. La luz que entraba por la puerta del baño la obligaba a apretar los ojos.

–¿Qué hora es?

–Casi las seis.

Paula se estiró y se dio la vuelta en la cama hasta que consiguió apoyar su cabeza en mi hombro.

–¿No dormiste?

–A ratos —mentí.

Hacía tiempo que no dormía bien y ella lo sabía. Yo estaba al borde de un gran agotamiento físico y mental. Paula me pasó los dedos por el rostro.

–Necesitas descansar, Iván.

Una sirena de policía resonó a lo lejos, como si se encontrara por la Marginal. Poco a poco el ruido aumentó y se escuchó cada vez más próxima. Parecía tan cerca que tuve la impresión de que una patrulla estaba entrando al motel. Me moví en la cama, todos los sentidos en guardia. El ruido de la sirena tardó en alejarse. El tránsito debía ser complicado. Aparté una mecha de cabello en el rostro de Paula.

—Dime una cosa: ¿qué te parece pasar unos días fuera de São Paulo?

—¿Vas a tomar vacaciones?

—Estoy muy cansado, pienso pasar una temporada lejos de aquí.

—¿Y a dónde te irías?

—Todavía no lo he decidido. ¿Quieres venir conmigo?

Paula se frotó los ojos y bostezó.

—Depende. ¿Cuándo pretendes viajar?

—Lo más rápido posible, sólo necesito dejar listos unos detalles en la constructora —y fue ahí cuando empecé a elaborar mi plan.

Paula se levantó de la cama para agarrar la botella de agua que estaba sobre el frigobar. Le dio un trago directo a la botella. Me di vuelta en la cama y apoyé la cabeza en una de mis manos. La visión de aquel cuerpo espigado me llenó de alegría.

—Tengo las clases en la universidad, mi trabajo, no sé si puedo faltar. Tendría que organizarme, Iván.

Lancé mi mejor anzuelo:

—Podemos ir al Noreste.

Ella me miró y sonrió.

—Eso comienza a interesarme...

Ese día yo debía comer con Alaor. Mi plan se echaría a andar de inmediato. Pero tan sólo de pensar en ello sentí una contracción en el estómago.

Paula se acostó a mi lado.

—¿No lo has pensado? Las playas están desiertas en esta época del año —me dijo.

Alaor llegó retrasado al restaurante, culpando al tráfico. Me miró con curiosidad: yo le había dicho que necesitaba hablar con él, pero no le había dicho de qué. Tan pronto se sentó a la mesa, fui directo al grano.

—Voy a salirme de la constructora. Quiero vender mi parte.

Alaor acomodó la servilleta sobre sus piernas, clavó una aceituna con el tenedor y se la llevó a la boca. Masticó despacio, sin desviar los ojos de los míos. No podía disimular el impacto.

—Qué idiotez, Iván. ¿Te quieres salir ahora que empezamos a ganar dinero?

—No me gusta el rumbo que tomaron las cosas...

Alaor tomó el hueso de la aceituna y lo dejó caer en el cenicero.

—Carajo, Iván, ya hicimos lo más difícil. ¿Vas a abandonarme ahora?

—Me quiero salir. Tú y Marina pueden comprar mi parte, me salgo y listo.

Alaor llamó con un gesto al mesero, este anotó los pedidos y se retiró. Alaor permaneció en silencio por un tiempo considerable. Al final preguntó:

–¿Cuál es el problema? ¿Anísio?

–Ese tipo está loco, Alaor. Por su culpa nos meterán a la cárcel.

Alaor casi saltó del asiento:

–¡Te digo que no! También él está involucrado.

–Ya me cansé de esta historia. Me voy a salir.

–Yo me hago cargo de Anísio, déjamelo a mí... Sólo necesito un poco de tiempo, carajo.

–¿Qué vas a hacer?

–Aún no lo sé. Tómate unas vacaciones, piensa en otras cosas. Regresa cuando te sientas mejor. Te lo pido como amigo: no cometas una tontería.

Le dije que ya había tomado una decisión.

Alaor me tomó del brazo y lo apretó con fuerza:

–¡No te puedes salir, hijo de puta! —y al decirlo rechinaba los dientes—. Entramos en esto juntos y nos quedaremos juntos hasta el final, ¿me entiendes?

Jalé mi brazo con tanta fuerza que derramé el vaso de agua sobre la mesa y la camisa de Alaor. Vi que él se esforzaba por mantener el control. Pero las manos le temblaban un poco y estaba transpirando. Yo también temblaba.

A partir de esa tarde mi mundo cayó hecho pedazos a mi alrededor.

Una noche, al llegar a mi casa, encontré a la sirvienta esperándome en la cocina. Me reclamó que no le habíamos pagado su salario —era Cecilia quien cuidaba de eso, sólo que la sirvienta me dijo que llevaba días sin verla. Se me hizo raro y fui a buscarla. Descubrí que mi mujer se había ido de casa.

Tuve una corazonada y llamé a casa de su mamá. La propia Cecilia atendió el teléfono.

—Creo que necesitamos conversar —le dije.

—¿Tú crees? Ya es muy tarde, no tengo nada que hablar contigo.

—En algún momento tendremos que resolver el lado práctico...

—Resuélvelo como mejor te parezca —me dijo.

Me quedé en silencio por unos segundos. Más de quince años de mi vida iban a concluir en cuanto colgara. Quizá sea mejor así, pensé.

—Estoy pasando por un momento difícil, Cecilia...

Ella se rio.

—¿Y yo? Hace años que paso por momentos difíciles y a ti nunca te importó. ¿Quieres que te diga algo? Debí hacerlo hace mucho tiempo.

En el fondo yo me sentía aliviado por el rumbo que tomaban las cosas. Era muy cómodo.

—¿Es una decisión definitiva?

—Sí, Iván. Ahora puedes coger a gusto con tus putas.

Me acordé de Paula. Hacía casi un mes que estábamos juntos.

—Estás equivocada, Cecilia, yo...

—No necesitas mentirme, Iván. Ya estás libre de mí.

El sarcasmo se mezclaba con el rencor en la voz de mi mujer. Pensé en un montón de cosas que podría decirle en aquel momento. Escogí la peor:

–¿Tienes otro?

–Ay, Iván, vete al carajo.

Y colgó.

Vi la noticia en el periódico por casualidad.

Un empresario dedicado a la construcción había muerto en un asalto. La policía encontró su auto abandonado en una colonia marginal. El cadáver del empresario estaba en la cajuela. Le habían dado dos tiros.

Me inquietó la noticia. Que, por cierto, estaba incompleta: no mencionaba que, además de dedicarse a la construcción, el empresario era un conocido prestamista. Y que Alaor y yo le debíamos una suma considerable.

No podía ser una coincidencia. Así que fui a la oficina de Alaor.

–¿Ya viste?

Mi socio tomó el periódico y leyó la noticia. No hubo ninguna reacción en su rostro.

–Bueno, ¿y?

Me incliné y apoyé las manos en su escritorio. Lo miré a los ojos:

–Nosotros le debemos un montón de dinero y el tipo muere de ese modo. ¿No te parece extraño?

Alaor frunció el ceño.

–¿Qué quieres decir?

–¿Tienes algo que ver en esto? ¿Usaste a Anísio para resolver nuestros problemas?

Pude sentir que una onda de irritación recorría el cuerpo de Alaor, como una corriente eléctrica. Entonces se levantó de la mesa y me agarró de la camisa.

–Escúchame, imbécil. ¿Quién te estás pensando que soy?

Traté de zafarme, pero Alaor era mucho más fuerte que yo.

–¿Quién va a ser el próximo? —grité—. ¿Yo?

Me empujó con tanta violencia que me arrancó un botón de la camisa.

–Estás mal de la cabeza, Iván. Necesitas ver a un doctor.

Mi cuerpo entero temblaba. No podía dejar de jadear.

–Me largo de la constructora.

Alaor se sentó de nuevo, dobló el periódico y lo arrojó al cesto de la basura.

–¿Por qué no te vas de vacaciones y dejas de joder?

–Ya lo he decidido —le dije.

Alaor suspiró, enojado:

–A veces creo que no entiendes qué fue lo que hicimos.

–Nunca debí aceptar tu propuesta…

Entonces me clavó la mirada:

–Pero aceptaste y no hay vuelta de hoja. Hablo en serio, Iván: no lograrás salirte de esta.

CAPÍTULO 12

EL LUGAR OLÍA A ORINA DE GATO. LA LLUVIA QUE cayó durante buena parte del día atrajo un viento helado en la vecindad. Edesio, el negro corpulento que caminaba frente a mí, trabajaba como guardia del bar que yo frecuentaba. En sus horas libres era taxista de sitio.

Se detuvo frente a una de las puertas de la vecindad y sacó un manojo de llaves de sus bolsillos.

–Aquí es, patrón.

Escuché ruido de voces, salió de otra de las puertas de la vecindad. Una discusión entre un hombre y una mujer. Un perro ladraba. Edesio abrió la puerta y entramos.

–Está en su casa —me dijo—. Ahora regreso.

Fue a otro cuarto y corrió la sábana que servía de cortina.

La sala era pequeña y el ambiente estaba muy cargado. Había una mesa con cuatro sillas de formica en el centro, una televisión en una de las esquinas y un sofá barato del otro lado. Junto al sofá había una hilera de cajas de cartón. De la pared colgaba un cuadro: la foto de un dúo de música *sertanera*.[2]

El rostro de un niño salió de entre la sábana-cortina. Me miró con timidez. Tenía bonitas facciones a pesar de su ligero estrabismo.

—¿Cómo estás? —le pregunté.

Edesio reapareció tras el pequeño.

—Saluda al señor.

El pequeño no respondió. Traía un pijama con dibujos geométricos y estaba descalzo. Vi que Edesio sostenía una caja de zapatos en las manos.

—Lucas, regresa a la cama.

Al oír la voz de una mujer, el pequeño obedeció de inmediato y desapareció atrás de la sábana. Edesio colocó la caja sobre la mesa. Me entregó el revólver agarrándolo por la culata.

—Cuidado, está cargado.

Pensé en el pequeño y tuve ganas de preguntarle a Edesio si no le parecía peligroso tener un arma cargada en casa. Un revólver treinta y ocho niquelado, al cual le habían raspado el número de serie. Era la primera arma que yo agarraba en mi vida.

—Está nuevecito, patrón.

Me lo coloqué en la cintura y lo cubrí con mi suéter. Enseguida me di cuenta de que me molestaría al moverme.

—Es de los más comunes que andan por ahí —me explicó—. El modelo que más usan, porque nunca falla cuando lo necesitas.

---

2 Música del noroeste de Brasil. *N. de la T.*

Lo miré a los ojos.

—Lo estoy comprando para protegerme.

Edesio levantó las manos como diciendo que aquello no le incumbía.

—Hace bien, la ciudad está muy peligrosa. A mí ya me asaltaron tres veces en los taxis.

Le pagué y salí aliviado. El ambiente tan cargado de la sala me estaba mareando.

En el corredor pude presenciar un round más de la discusión entre el hombre y la mujer. Pasé justo cuando ella lo llamó "bueno para nada". Escuché el sonido del golpe y el grito de la mujer, que volvía a insultarlo.

Pensé en Cecilia. Todavía era joven y bonita, podría comenzar una nueva vida si quisiese. Lo mismo que yo pensaba hacer muy pronto.

En la calle, cerca de la vecindad, había una cantina con mesas de metal sobre la acera. Los dos hombres que bebían cerveza en una de las mesas me miraron con interés. Les sostuve la mirada y pensé en el revólver que traía en la cintura del pantalón. Pero no me sentí más seguro.

Cuando regresé, Anísio me esperaba en el estacionamiento de la constructora. Hacía frío y lloviznaba. Él vestía un suéter oscuro, pantalón de marca y zapatos nuevos. No parecía estar muy a gusto en aquella ropa.

—Voy a hacer una carne asada el sábado —me dijo—. Quiero que vayas.

Seguí caminando mientras le decía:

—No sé si podré, tengo cosas que hacer.

Anísio puso su enorme mano en mi hombro y me detuvo. Gotas minúsculas de lluvia se acumulaban en su cabello, que ahora lucía un corte moderno.

—Es mi cumpleaños, Iván. Insisto en que vayas.

—Trataré.

Mantuvo su mano en mi hombro. Una oleada de loción se desprendió de su cuerpo y me llegó a la nariz. Un perfume agradable.

—Alaor ya confirmó que irá. Tú no me vas a hacer el desaire, ¿o sí?

—Ya te dije que haré lo posible. Pero no te prometo nada.

La lluvia arreciaba, pero Anísio no se movía. Me miró de una forma extraña.

—¿No confías en mí, Iván?

—¿Qué te parece si nos movemos de aquí? Nos estamos mojando.

Quitó la mano de mi hombro:

—El otro día platiqué con Alaor. Está muy preocupado por ti.

Un repartidor vestido con overol impermeable estacionó su motocicleta cerca de donde estábamos. Anísio le lanzó una rápida ojeada y después concentró otra vez su atención en mi rostro.

—¿Tienes problemas, Iván?

—No te importa.

Iba a seguir adelante, pero Anísio me detuvo por el brazo.

—Claro que me importa.

Hizo una pausa antes de seguir hablando. El repartidor sacó un sobre del baúl de la moto y pasó junto a nosotros, en dirección de la recepción.

—Marina me dio carta blanca para supervisar sus negocios en esta empresa. Y eso es lo que estoy haciendo: si uno de sus socios quiere crearle problemas, es mi obligación resolverlo, ¿no te parece?

La lluvia me estaba empapando la ropa. Pensé en preguntarle a Anísio qué sucedería si Marina descubría la verdad sobre la muerte de sus padres, pero me faltó valor.

—No estoy creando problemas.

—Eso no fue lo que dijo Alaor. Dice que quieres salirte.

Saber que Alaor le había contado eso a Anísio me enfureció. Me liberé de un empujón y caminé a la recepción. Anísio se quedó parado bajo la lluvia. Desde allí me gritó:

—No se te olvide: carne asada el sábado, ¿eh?

Cuando entré, Marcia me avisó que el repartidor había traído los contratos que necesitaba firmar. Tomé el sobre y me encerré en mi oficina.

Era evidente que mi socio ya no confiaba en mí. Ahora él y Anísio habían terminado por aliarse. El barco se hundía. Debía actuar con rapidez si quería salvarme.

Comencé a desarrollar un plan alternativo mientras firmaba los contratos.

Paula salió de la bañera, agarró una toalla y se agachó para sacudirse el cabello.

–Mis dedos están todos arrugados —me dijo.

Yo permanecí inmerso en el agua tibia, para admirarla. Tenía las nalgas más bonitas que había visto en mi vida. Los pelos de su pubis tenían el mismo tono rojizo de su cabello; los pezones de sus senos eran pequeños, rosados. Paula limpió el espejo empañado y notó que la observaba. Me sonrió.

–¿Quieres vivir conmigo? —le pregunté.

Ella se envolvió el cabello con una toalla y se sentó en el borde de la bañera. Vi que mi rostro de barba mal rasurada le había dejado marcas en la piel.

La relación más larga de Paula había sido con un compañero de la escuela y había durado ocho meses. De acuerdo con ella, el muchacho se asustó al sentir que la cosa se estaba volviendo seria. Paula decía que tenía debilidad por los hombres problemáticos.

–Me separé de Cecilia —le dije de improviso.

La noticia la hizo fruncir el ceño.

–Yo no quería que pasara eso por mi culpa.

Tomé su mano.

–No fue por tu culpa, eso iba a terminarse en cualquier momento. Me voy de São Paulo, quiero cambiar de vida.

–¿Así, de repente?

–Hace tiempo que tengo esa idea y creo que llegó la hora…

–¿Vas a dejarlo todo? ¿Y la constructora?

–Voy a vender mi parte. No quiero nada que me detenga en São Paulo. Quiero comenzar una nueva vida lejos de aquí. ¿Vienes conmigo?

El rostro de Paula enrojeció, como sucedía cuando estaba excitada.

—Yo no puedo dejarlo todo, Iván, así, de un momento a otro.

—Sí puedes, Paula: es sólo cuestión de querer.

La jalé dentro de la bañera y la besé. La toalla se le desprendió de la cabeza y cayó en el agua. Nos quedamos abrazados unos instantes. Paula suspiró:

—Necesito un tiempo, Iván. Esa es una decisión importante.

—Entiendo. Sólo que no tengo mucho tiempo.

Ella me miró, extrañada.

—¿Lo dices por algo en especial?

—No. Pero el tiempo corre.

Paula se zafó de mi abrazo y se volvió para recargarse en el lado opuesto de la bañera. Quedó frente a mí, pensativa.

—¿Por qué tienes tanta prisa?

—No te lo puedo explicar ahora. Es una historia complicada.

—Quiero saber qué te ocurre.

—Un día te lo contaré todo, pero no puedo hacerlo ahora.

El aire del baño se había vuelto denso, impregnado por el olor a jabón que surgía del agua. Paula se inclinó y tomó mi rostro entre sus manos.

—¿Tienes un problema, Iván? Tengo derecho a saber, ¿no crees?

—Te contaré todo en cuanto estemos lejos de aquí, te lo prometo.

Me observó con atención durante un instante antes de levantarse y salir de la bañera.

—¿Vendrías conmigo? —le dije.

—No lo sé, Iván. Necesito un tiempo para pensar.

Paula se enrolló una toalla en el cuerpo y usó los dedos para tallarse con vigor sus cabellos pelirrojos. Después me miró con una expresión llena de curiosidad y salió del baño.

Jamás podría contarle la verdad. La perdería de inmediato. Pero una vez que estuviésemos lejos de São Paulo tendría tiempo de sobra para inventar una historia convincente.

Escuché el ruido del metal chocando contra el tapete del cuarto justo en el instante en que salía de la tina. Cuando llegué a la habitación Paula estaba de pie junto a la cama, aún enrollada en la toalla. Tenía mi ropa en las manos y miraba fijamente el objeto que había caído al piso frente a ella. El treinta y ocho que compré horas antes.

—¿Qué es eso, Iván?

Me incliné y recogí el revólver.

—Es para protegerme, Paula.

—¿Protegerte de qué? ¿Alguien te está amenazando?

Me sentí ridículo por estar desnudo y con un arma en la mano delante de ella.

—Ya te lo dije, Paula, no puedo explicarte nada por ahora.

—No voy a ninguna parte contigo si no me dices por qué tienes esa arma.

Coloqué el revólver sobre la mesa.

–Sólo lo necesito mientras siga en esta ciudad. Después me desharé de él, te lo juro.

–¿Hiciste algo malo, Iván?

–Confía en mí, Paula. Vas a entender todo cuando llegue el momento.

–¿Estás seguro de que no quieres contarme lo que te sucede?

Extendí la mano en dirección de su rostro, pero ella me esquivó. Estaba asustada.

Regresé al baño y tomé una toalla para secarme. Cuando volví al cuarto Paula ya se había puesto la ropa interior y se peinaba frente al espejo. Me acerqué y la abracé por atrás.

–Vámonos de aquí. Te doy mi palabra que después te explico todo.

Ella miró mi rostro en el espejo.

–Pero ¿a dónde iríamos?

CAPÍTULO 13

UN AVIÓN PASÓ VOLANDO BAJO EN EL CIELO SIN nubes y se inclinó en dirección al aeropuerto de Congoñas. Era el final de la tarde, una tarde contaminada, que la puesta de sol había teñido de color violeta. Una pareja de adolescentes subió la calle de la mano. El muchacho tenía el cabello largo y traía puesta sólo una bermuda holgada de surfista. Los jeans justos y la camiseta corta hacían ver a la muchacha por encima de su peso. Aun así, se veía muy sensual.

Miré al otro lado de la calle. Llevaba horas ahí, al acecho. El edificio que estaba vigilando no tenía portero. Y ningún inquilino había entrado o salido desde que llegué.

Vi una patrulla aparecer por el retrovisor. De inmediato pensé que mi revólver se hallaba en la guantera: Sólo me falta que estos tontos se detengan a examinar el auto.

La patrulla avanzaba despacio y, cuando pasó a mi lado, el policía que iba al volante y su compañero tuvieron tiempo de examinarme con atención. Contuve la respiración. Nuestras miradas se cruzaron y el policía que iba manejando me saludó con un gesto de la cabeza. Le retribuí el saludo. Sólo entonces volví a respirar.

Deben haber pensado que yo era un hombre de bien. Uno que había cometido una gran estupidez. Y que iba a arreglar las cosas cometiendo otra.

La patrulla desapareció en la esquina y la luz disminuyó un poco más. El trino largo de una cigarra escapó de uno de los árboles de la calle.

Sabía que no me quedaba otra solución. Traté de imaginar cuál sería la reacción de mi socio pero no lo conseguí.

Los adolescentes reaparecieron. Caminaban abrazados, él cargaba una bolsa con pan y leche. Parecían felices, libres, como si nada en el mundo pudiera amenazarlos en aquel momento. Cuando pasaron junto a mí, noté que la muchacha estaba embarazada. Ella se dio cuenta de que la miraba y sonrió con simpatía.

En mi nueva vida, podría tener hijos.

Una pareja de ancianos atravesó las jardineras que llevaban al lobby del edificio. El hombre se apoyaba en la mujer y caminaba con dificultad. Había llegado el momento. Salí del auto y atravesé la calle.

¿Cuál sería la reacción de Alaor? ¿Llamar a la policía? No, yo sabía que sería incapaz. Tenía esa ventaja a mi favor.

Digité la clave y esperé. No tardó mucho el banco electrónico en mostrar el saldo que confirmaba mi intuición: el primer pago de los contratos de Brasilia había entrado ese día en la cuenta de la constructora. Una pequeña fortuna, suficiente para que una pareja pudiera recomenzar su vida en cualquier lugar, sin estrecheces financieras.

Tal vez Alaor pusiera a Anísio a seguirme. No, tampoco haría eso. Y si lo hiciera, nunca podrían encontrarme.

Llené con cuidado el documento en la pantalla de la computadora y confirmé la clave.

Tenía otra ventaja: el tiempo. Alaor tardaría varios días en darse cuenta de lo que había sucedido. Cuando descubriera el desfalco, Paula y yo estaríamos muy lejos.

El mensaje en la pantalla me informó que la operación de transferencia había sido realizada con éxito. Apagué la computadora y una vez más traté de entrar en contacto con el teléfono móvil de Paula. Escuché el mensaje de la operadora: el teléfono continuaba apagado. No pude dejar un nuevo recado, el buzón electrónico estaba repleto.

Vi el reloj: eran casi las cuatro de la tarde del viernes. Mi último día en São Paulo. A las siete pasaría por casa de Paula y nos iríamos. Punto final a la pesadilla en que mi vida se había transformado.

Me levanté y caminé por mi despacho, como si me despidiera de ella. Había vivido más de veinte años de mi vida en ese lugar. Podía describir con precisión hasta el olor del ambiente.

Me acordé de nuestros primeros años allí. Esteban, Alaor y yo. Tres tipos que compartían planes y sueños. Éramos amigos, la vida se abría frente a nosotros. Miré las paredes de mi oficina, los muebles, la alfombra de color oscuro que, en un tono más claro, exhibía un camino desgastado que iba de la puerta a mi escritorio.

Me detuve frente a la escena parisina registrada por la lente de Cartier-Bresson. Estaba emocionado. Tomé el cuadro: París era un buen lugar para refrescar mi cabeza mientras decidía qué rumbo darle a mi vida.

Por el ventanal se podía ver parte del estacionamiento de la constructora. Corrí la persiana y espié.

Anísio estaba allí, con los brazos cruzados, recargado en mi auto. Atraído tal vez por el movimiento de la persiana, miró en mi dirección. Me hice para atrás al instante. Y sentí que mi corazón se aceleraba.

Cuando miré otra vez, Anísio seguía en el mismo lugar, mirando hacia el piso. Respiré profundamente, agarré mi portafolios y salí de la oficina. Bajo el cinto llevaba el revólver treinta y ocho.

Anísio se quitó del auto para que yo pudiera entrar. Me observaba con una leve sonrisa en los labios.

—¿Te vas temprano?

No respondí. Anísio se agachó y apoyó las manos en la ventana.

Encendí el motor.

—¿No se te olvidó la carne asada de mañana, verdad?

—No, lo tengo anotado.

Anísio se rio.

—No vas a ir, Iván. ¿Sabes cómo lo sé?

El Rolex en su muñeca izquierda me llamó la atención. Esteban tenía un reloj muy parecido.

—No me preguntaste la dirección.

—Es cierto —le dije—. ¿Dónde va a ser?

—En casa de Marina, allá hay más espacio. Voy a llevar a unos amigos que quiero que conozcas.

Quité el freno de mano.

—Entonces allá nos vemos. Hasta mañana.

La frase que dijo Anísio cuando se levantó me produjo el impacto de un gancho en el hígado:

—Lleva a la pelirroja.

Desde la ventana del segundo piso tenía un buen ángulo para espiar los movimientos en la calle. Mientras colocaba mi ropa en la maleta no perdía de vista el exterior. Anísio no lograría sorprenderme.

El hijo de puta me estaba siguiendo, quién sabe desde hacía cuánto tiempo. Y, por mi culpa, ahora también Paula corría peligro. Había tratado de hablar con ella durante todo el día, sin éxito: ninguno de sus teléfonos respondía. Estaba preocupado.

Un camión de gas pasó lentamente por la calle. El altavoz deformaba la música, volviéndola más insufrible.

Miré el reloj: casi eran las cinco y media. En poco tiempo escaparía de todo aquello. No me quedaría para conocer la reacción de Anísio.

Cerré la maleta y me dirigí a la puerta, a las carreras. Estaba muy cerca. En ese momento oí el ruido en la puerta de la cocina.

Yo estaba solo en la casa, había despedido a la sirvienta dos días antes. Puse la maleta en el piso y tomé el revólver.

El ruido se repitió. Engatillé el arma y caminé rumbo a la cocina, pisando con cuidado. Sólo conseguirían detenerme si me mataban.

Había un envoltorio sobre la mesa de la cocina, que no recordaba haber visto la última vez que entré ahí. La puerta que daba al patio estaba entreabierta. Un rayo de luz entraba por la abertura y su reflejo se extendía sobre el fregadero. Crucé la cocina con el revólver extendido frente a mi cuerpo. El refrigerador cambió de velocidad y me estremecí. Alguien arrastraba algo pesado en el patio.

Empujé la puerta y salí.

Cecilia estaba arrodillada junto a una fila de macetas de cerámica y regaba las plantas.

Mi esposa volteó de inmediato. Al verme, la vasija con agua se le cayó de las manos.

Vestía unas bermudas de mezclilla desgastadas en la parte trasera, una camiseta muy usada y estaba descalza. Se quedó congelada, con las manos alzadas y la boca entreabierta.

Me tardé en entender que era el arma en mi mano lo que la había asustado. Comprendí que tenía miedo de que yo la matara. Bajé el revólver. Sentía el corazón latiendo en mis sienes.

Cecilia se levantó, se secó las manos en la camiseta y dijo:

—Pasé para ver mis plantas. Se están muriendo por falta de agua.

Le di la espalda y regresé a la sala. Cecilia entró tras de mí. Vio la maleta al pie de la escalera.

–Vas a viajar.

–Sí —asentí.

Ella se recargó en el marco de la puerta.

–¿Qué vamos a hacer con esta casa, Iván?

–Puedes quedarte con ella. Yo ya me voy.

Prendí el revólver al cinto y levanté la maleta.

–¿Por qué traes esa arma?

–Perdona, Cecilia, pero no tengo tiempo para hablar contigo ahora.

–¿Estás huyendo de algo?

–Discúlpame. Tengo prisa.

Abrí la puerta y vi por última vez su rostro. Unas cuantas hebras de cabello se habían escapado de la horquilla y el sudor las pegaba a su frente.

–¿Hiciste algo malo, Iván?

Salí sin responder.

Tan pronto como la vieja abrió el portón, yo lo detuve para que ella y el viejo entraran al edificio. La vieja me dio las gracias con una sonrisa simpática. Después, tomó el brazo del hombre para ayudarlo a caminar. Él tenía la boca chueca y caminaba despacio, arrastrando la pierna izquierda.

Entramos juntos en el elevador; iban al séptimo piso y yo, al quinto. El viejo me miró y masculló algo que no entendí. La mujer lo reprendió. Y me dijo:

–Mi marido piensa que eres mi amante.

Por detrás de los anteojos verdosos, sus ojos parecían más grandes, desproporcionados en aquel rostro arrugado y lleno de manchas.

—Ay, hijo, no se haga viejo —me dijo—. Es una desgracia.

En el quinto piso salí a un pequeño recibidor, con un apartamento a cada lado del elevador. Me paré enfrente del 58 y toqué varias veces el timbre. No esperaba que me abrieran.

Me senté al lado de la puerta de servicio del departamento. No sabía qué hacer. Tal vez Paula cambió de idea y prefirió no irse conmigo. Aunque me resistía a aceptar esa idea. Ese mismo día, por la mañana, cuando nos despedimos, lo habíamos organizado todo. Ella me esperaría a las siete en su departamento, con las maletas listas.

O tal vez realmente se había asustado con el revólver.

Pensar en el arma me hizo recordar a Anísio. ¿Cómo se habría enterado de la existencia de Paula?

Me embargaron ideas tan siniestras que al momento de levantarme fui alcanzado por una descarga de pavor en estado puro. Si llegó a sospechar que yo estaba planeando algo, Anísio tuvo tiempo de visitar el departamento de Paula y de sorprenderla mientras se preparaba para huir conmigo. Quizá Paula estaba adentro. Muerta. Sentí un escalofrío.

Llamé una vez más a su celular. Nada. Continuaba apagado.

Examiné la cerradura de la puerta de servicio. Era de una marca muy popular, que yo conocía bien. Pero era material de segunda. Apoyé todo el peso de mi cuerpo sobre ella y la forcé. Al segundo empujón, la puerta cedió.

Entré por la cocina —había restos del desayuno sobre la mesa— y llegué a la sala. Había almohadas regadas por las esquinas, un único sofá y una mesa pequeña que sostenía una televisión y el teléfono. La luz roja parpadeaba en la grabadora.

En la pared, clavadas en un corcho, fotos de Paula con sus amigos. En una de las fotos ella sonreía abrazada a un grupo de muchachas, con el mar al fondo. Todas vestían biquinis y se veían muy hermosas. Yo no conocía a ninguna de ellas.

La puerta abierta de uno de los cuartos dejaba ver una cama deshecha, un clóset y un tocador sepultado por cremas y frascos de perfume. Abrí la puerta de la segunda habitación: un aparato de sonido portátil que descansaba en el piso y un montón de revistas escoltaban a una bicicleta de gimnasia.

En el baño, el foco estaba fundido. Corrí la cortina de plástico para examinar la regadera y encontré una tanga de Paula colgada de la llave.

Tuve un presentimiento y regresé a la cocina. Antes de abrir la puerta que llevaba al área de servicio, respiré profundo. Creí que sabía lo que iría a encontrar. Pero todo lo que vi fue un tendedero lleno de ropa. Un cuarto de servicio estrecho y oscuro. Y vacío.

Miré el reloj: eran más de las ocho de la noche. Necesitaba tomar una decisión con urgencia. Si Paula no aparecía, tendría que irme yo solo. No había manera de cancelar mi partida.

Abrí el refrigerador y encontré una botella de agua, latas de cerveza y refrescos, yogurt de dieta, un pan de caja y algunas frutas. Tomé una cerveza y, cuando cerré el refrigerador, vi la cuenta del celular de Paula presa a la puerta por un imán.

Un número de teléfono aparecía repetidas veces en su cuenta. Yo conocía de memoria el número al que Paula llamaba tantas veces. Era el celular de Alaor.

Es difícil describir lo que sentí en ese momento. Un desgano muy grande se apoderó de mi cuerpo y entré en una especie de trance. Nada parecía real.

En el fondo, yo no quería creer lo que estaba ocurriendo. Revisé minuciosamente el departamento en busca de evidencias, sin verdaderas ganas de encontrarlas. Pero aparecieron.

En uno de los cajones del guardarropa, oculto bajo la lencería, descubrí un conjunto de fotos. En todas ellas Paula aparecía semidesnuda, siempre en poses provocativas. Las fotos fueron hechas por profesionales, en algún estudio, fueron impresas en un tamaño grande. Eran perfectas para aparecer en el catálogo de un prostíbulo. Y es que Paula era una de las prostitutas de Alaor.

Como nunca confió en mí, me envió a Paula para monitorear mis movimientos. Alaor ya debía saber que yo pretendía irme esa misma noche.

Antes de dejar el departamento, vi la luz roja de la grabadora y resolví oír los recados.

Había cinco mensajes grabados —los tres primeros eran míos. En el cuarto mensaje, una amiga pedía que Paula entrara en contacto, tenía novedades buenas que contarle. El quinto mensaje era de Alaor.

Le decía que había recibido su recado y que iba a tomar providencias. Le recomendaba que saliera de circulación de inmediato. Y al final le decía que no se preocupara: él se iba a encargar de todo.

De acuerdo con el aparato, el mensaje había sido grabado dos minutos antes de las seis de la tarde.

Miré mi reloj: eran más de las nueve. En aquel momento, Anísio debía estar cazándome por toda la ciudad. Pero aunque era consciente de ello no podía sentir nada al respecto. Estaba como anestesiado.

Sólo quería llegar hasta el auto y tomar el arma de la guantera. Iba a matar a Alaor. Y si se cruzaba en mi camino también Anísio se iba a morir.

No tenía nada que perder.

Cuando un hombre se encuentra en medio de un desierto tiene la opción de caminar.

CAPÍTULO 14

RODÉ SIN RUMBO POR LA CIUDAD DURANTE HO-
ras, con la treinta y ocho sobre el asiento del copiloto,
al alcance de mi mano. Cayó una lluvia muy fuerte y en
varias ocasiones quedé preso en congestionamientos
de tráfico. Pero nada me molestó: ya no tenía prisa.
Experimentaba una calma extraña, como si tuviera los
cinco sentidos desconectados. Sólo quería encontrar a
Alaor antes de que Anísio me hallara.

En el edificio de Alaor, el portero me informó que
éste había salido por la mañana y aún no regresaba. Su
mujer y sus hijos, me dijo el portero, habían salido de
viaje. Di media vuelta y volví a la circulación.

En Pinheiros tardé en localizar lo que buscaba, pues
las calles eran muy parecidas. Casi me había desanimado cuando reconocí el conjunto de casas gemelas de
dos pisos.

Abrí el portón, atravesé el jardín y toqué el timbre.
Mientras esperaba, miré a lo alto y noté la cámara se-
mioculta por la vegetación, enredada en la fachada de
la casa. El rostro de la mujer se asomó por la puerta
entreabierta.

—Estoy buscando a Alaor —le grité.

—Hoy no viene para acá.

Traté de mirar el interior de la casa por encima del hombro de la mujer. Logré ver a una de las chicas. La mujer frunció el ceño, me estudió atentamente y entonces sonrió. Me había reconocido y abrió la puerta para dejarme entrar.

—Pero pasa. Pasa para que veas a las muchachas.

En la sala, dos sujetos encorbatados bebían whisky sentados en el sofá acompañados por dos rubias. Una de ellas era Mirna. Aunque se encontraba sentada en el regazo de uno de los dos sujetos, me dedicó una sonrisa. Los hombres me miraron, intercambiaron un comentario rápido y después se carcajearon. La mujer me tocó el brazo.

—¿Tienes alguna preferencia especial?

Y me señaló a dos muchachas que platicaban cerca de la escalera. Una oriental y una mulata, que debía ser unos dos palmos más alta que yo.

—¿Dónde está Alaor?

El tono de mi voz hizo que la sonrisa desapareciera del rostro de la mujer.

—Ya te lo dije: él no viene aquí hoy.

Miré al corredor que llevaba a las otras secciones de la planta baja. En ese momento, Mirna y la otra muchacha se levantaron del sofá y condujeron a los dos encorbatados rumbo a la escalera. Cuando pasaron a mi lado, aproveché para avanzar rumbo al corredor. Oí la voz de la mujer a mis espaldas:

—Oye, no puedes entrar ahí...

El corredor terminaba en una puerta tallada. Una placa de metal informaba: prohibida la entrada. Forcé la manija y la pateé con violencia. Me dolió el pie.

No tuve chance de descargar una segunda patada, porque uno de los guardias me agarró por atrás. Me apretó el cuello y torció mi puño. Era tan fuerte que me levantó del piso con facilidad.

Antes de que me llevara cargado por el corredor, alcancé a ver cómo abrían la puerta y aparecía el rostro de un hombre. Bajo y gordo, de cabello y bigote grisáceos.

–Todo está en orden, don Norberto, lo tenemos bajo control —dijo el guardia.

Y me arrastró hasta la puerta de la calle. Al pasar por la sala, la mulata y la oriental me miraron con los rostros llenos de susto. Yo no conseguía respirar, pensé que iba a desmayarme en cualquier instante.

Me echaron a la calle. Cuando toqué el piso con el pie derecho, el dolor fue tan agudo que perdí el equilibrio y caí sobre un charco. Me quedé ahí, sentado, durante algún tiempo. El guardia se rio. Palpé el revólver y lo miré: bloqueaba el portón de la casa, los brazos cruzados. Pensé que no valía la pena y caminé hacia el auto. Cojeaba mucho.

Me había roto el pie.

Decidí regresar al edificio donde vivía Alaor, dispuesto a esperarlo el tiempo que fuera necesario. Tarde o temprano tendría que regresar a su casa.

Manejaba con dificultad. Sentía un dolor horrible en el pie, que se estaba hinchando. Meter el freno era un suplicio.

Entonces crucé una vía rápida y no vi venir la camioneta.

El impacto en la parte delantera de mi auto fue tan fuerte que mi auto rodó y quedó atravesado en la calle. El golpe sirvió para empeorar aún más el dolor en mi pie.

Dos muchachos enormes saltaron de la camioneta para examinar los destrozos. Mi auto se llevó la peor parte.

—Mira la estupidez que hiciste, compadre.

Ambos eran fuertes y musculosos, como los que van al gimnasio. Bajé del auto apoyado en la puerta. Casi me caí.

—Mira nada más a este cabrón: se cae de borracho.

Me pasé la mano por la frente y vi sangre en la punta de mis dedos. Por causa del dolor en el pie, ni siquiera sentí el golpe en la cabeza.

—Váyanse. No le pasó nada a su auto.

Los dos muchachos se me acercaron y cruzaron miradas entre ellos.

—Este tipo es muy conchudo —dijo uno de ellos.

Reaccioné de manera instintiva. Cuando me di cuenta, les estaba apuntando con el revólver. Brincaron para atrás.

—¡Qué valiente! Te quiero ver sin esa mierda en la mano.

No respondí. Sólo mantuve el arma apuntada hacia ellos. Ambos me estudiaron por unos instantes y resolvieron volver a su camioneta. El muchacho del volante me miró con odio y dijo que nos encontraríamos de nuevo. Después, arrancó a toda velocidad.

Examiné los daños a mi auto y descubrí que no conseguiría moverlo de ahí —el golpe había torcido la rueda delantera. Tendría que irme caminando. El dolor del pie era insoportable.

No tenía idea exacta de dónde me encontraba. Sabía que estaba en lo alto de Pinheiros. Sólo me quedaba cojear por calles oscuras y desiertas, en las que predominaban caserones protegidos por muros altos. Caía una llovizna que, poco a poco, me dejó completamente empapado. Por fin llegué a una avenida y me detuve a descansar, apoyado en un poste.

Estaba agotado y no sabía bien qué hacer. De lo único que estaba seguro era de que quería agarrar a Alaor.

En ese momento apareció un taxi.

Le conté toda la historia.

El hombre me oyó sin tomar notas ni hacer comentarios. Tenía ojeras oscuras y el cabello peinado con cera. Estábamos en su oficina y la placa sobre su escritorio informaba que él era el secretario de guardia en esa delegación.

No llegué a concluir mi relato. Me interrumpió a cierta altura y salió de la oficina por un instante.

Yo me había quitado el zapato y mantenía la pierna derecha estirada sobre una silla. La hinchazón me había deformado el pie.

El secretario regresó acompañado por un inspector y me pidió que repitiese la historia desde el principio. Les conté de nuevo de Esteban, de Alaor, de Anísio y de Paula. Acababa de firmar mi sentencia. Pero me llevaría a todos entre los pies.

Los dos policías escucharon mi relato en silencio y me miraron de una forma extraña. Tuve la impresión de que no me tomaban en serio. Tal vez pensaron que todo aquello no pasaba de ser un delirio, narrado por un desequilibrado con manchas de sangre coagulada en la frente.

Cuando terminé, el secretario se levantó, se talló el rostro y miró a su compañero:

–Creo que lo mejor es llamar al delegado.

CAPÍTULO 15

EL SÁBADO, CUANDO COMENZABA A CLAREAR, LA lluvia se detuvo por completo y el aire me pareció más limpio, como si lo hubieran lavado. En la calle, los problemas de tráfico aún no comenzaban. Iba a hacer mucho calor.

La patrulla dio la vuelta en una esquina y el inspector soltó una grosería al ver los puestos del mercado sobre ruedas. Habían cerrado el paso y tuvo que echarse en reversa.

Yo aún no sentía mi pie derecho. La verdad, ya no sentía nada. Estaba vacío.

Había dos autos estacionados enfrente de la casa de Esteban, uno de ellos cubierto de rocío. Lo reconocí: era el auto de Alaor. La patrulla se detuvo junto al otro vehículo, que todavía tenía los faroles encendidos, a pesar de la claridad creciente.

El policía se apeó de la patrulla, se pasó la mano por los cabellos canosos y me miró muy molesto. Era la misma expresión que tenía momentos antes, cuando llegó a la delegación. Al verlo entrar a la oficina, comprendí lo que iba a pasar.

Se subió el pantalón y miró hacia ambos lados de la calle, con impaciencia. Norberto. El agente Norberto.

El portón de la casa de Esteban se abrió y Anísio y Alaor salieron. Norberto les señaló la parte trasera de la patrulla, donde yo estaba esposado.

—Miren nada más en lo que me metieron.

Alaor bajó la mirada, evitando verme. Sólo Anísio me vio a los ojos. Tenía un aire de victoria en el rostro.

—Ahora les toca a ustedes —dijo Norberto—. Yo ya hice todo lo que podía hacer.

Entró en su auto y lo encendió. Antes de salir, les dijo a Alaor y a Anísio:

—Resuelvan esta mierda ahora mismo. Si no hubiera estado de guardia mi gente, estarían jodidos. El tipo cantó todo, con pelos y señales.

Los pájaros silbaban desde los árboles. Cerré los ojos y pensé en un montón de cosas. En Esteban. En Alaor. En Cecilia. Y en mi madre. Pensé también en Paula, con una mezcla de odio y nostalgia. Si me hubieran permitido pedir un deseo en aquel instante, hubiera sido verla por un minuto. No sé lo que haría, si se diera el caso. Probablemente nada.

El inspector encendió el motor de la patrulla.

Abrí los ojos.

CONTENIDO

LA PUERTA NEGRA

Esta obra se imprimió y encuadernó
en el mes de mayo de 2014,
en los talleres de Jaf Gràfiques S.L.,
que se localizan en la
calle Flassaders, 13-15, nave 9,
Polígono Industrial Santiga
08130 Santa Perpetua de la Mogoda
(España)